STRAEON AC ARWYR GWERIN CYMRU

Cyfrol 2

Straeon ac Arwyr Gwerin Cymru

Cyfrol 2

John Owen Huws

Lluniau gan Catrin Meirion

Cyhoeddwyd yn wreiddiol fel GAWN NI STORI 3 a 4
yn 1990/91.
Argraffiad newydd: Mai 2000
Ail argraffiad: Mawrth 2007

Rhif Llyfr Safonol Rhyngwladol:
0-86381-621-5

Llun clawr a'r lluniau tu mewn:
Catrin Meirion

Cynllun clawr: Alan Jones

Argraffwyd a chyhoeddwyd gan Wasg Carreg Gwalch,
12 Iard yr Orsaf, Llanrwst, Dyffryn Conwy, LL26 0EH.
☎ 01492 642031
🖷 01492 641502
✆ llyfrau@carreg-gwalch.co.uk
Lle ar y we: www.carreg-gwalch.co.uk

Cynnwys

 Y BRENIN ARTHUR

Ydych chi'n adnabod brenin? Na finnau chwaith. Maen nhw'n tueddu i fod yn greaduriaid eithaf prin y dyddiau hyn. Ers talwm, roedd llawer ohonyn nhw. Byddai gan bob gwlad frenin, ond y mwyaf ohonyn nhw i gyd oedd y Brenin Arthur.

Mae llawer o straeon am Arthur ond does dim amser i'w dweud nhw i gyd yn awr. Efallai y cawn ni gyfle rywbryd eto – ond mae amser am un, felly hoffech chi wybod sut y daeth Arthur yn frenin yn y lle cyntaf? Reit, dyma ni 'te.

* * *

Roedd Uthr yn frenin Prydain a Myrddin y dewin yn ei gynorthwyo. Roedd o ac Uthr yn ffrindiau mawr, a'r brenin yn falch iawn o gael ei gyngor doeth.

Yr adeg honno, roedd Ynysoedd Prydain yn lle peryglus iawn a llawer o ymladd rhwng y Cymry a'r Saeson. Roedd y Saeson newydd gyrraedd o'r cyfandir ac yn benderfynol o ddwyn tiroedd y Cymry, ac Uthr yn fwy penderfynol fyth nad oedden nhw'n mynd i lwyddo. Golygai hyn ei fod ef a Myrddin yn crwydro o un pen i'r wlad i'r llall yn ceisio amddiffyn y bobl rhag ymosodiadau. Teithient ddydd a nos pan oedd rhaid ac felly'r oedd hi un noson, gefn trymedd gaeaf.

'Does dim golwg fod y brwydro ofnadwy yma'n dod i ben, Myrddin.'

'Nag oes, ddim eto. Ond, yn union fel y daw'r gwanwyn ar ôl y gaeaf, fe ddaw tro ar fyd. Fe wn i hynny. Disgwyl yr arwydd yr ydw i.'

'Maen nhw'n dweud bod arwyddion i'w gweld yn yr awyr weithiau cyn digwyddiad o bwys, tydyn?' meddai Uthr.

'Ydyn yn wir ac y mae heno'n noson berffaith gan ei bod mor serog a chlir.'

'Ydi, ac yn deifio o oer! Mae'n hen bryd i ni gael cyfnod o heddwch er mwyn i bawb gael eistedd yn ei gartref ei hun yn ddiogel.'

Ar y gair, dyma seren gynffon yn gwibio ar draws yr awyr. Nid seren gynffon gyffredin mo hon, yn goleuo am eiliad neu ddwy a diflannu am byth. Na, roedd hon yn un arbennig iawn.

'Yr arwydd! Dyma'r arwydd!' meddai Myrddin yn gynhyrfus. 'Edrych, Uthr, fel y mae'r gynffon yn dechrau lledu ar draws yr awyr. Mae'n debyg iawn i ben draig anferth.'

'Ie, dyna ydi hi, draig anferth, ac yli, mae dau belydryn o olau yn dod o'i cheg hi, un yn cyfeirio tuag at

Iwerddon a'r llall tuag at Ffrainc. Beth ydi ystyr yr arwydd?'

'Wel, dy arwydd di ydi'r ddraig. Mae'n anifail cryf a ffyrnig, yn union fel yr wyt ti wrth amddiffyn y wlad.'

'Ond beth am y ddau belydryn?'

'Wel Uthr, rwyt ti'n mynd i gael mab sy'n gryfach byth ac fe fydd o'n rheoli'r wlad i gyd, o Fôr Iwerddon at y culfor rhyngom ni a Ffrainc. Chaiff y gelyn ddim cipio modfedd o'n tir ni pan fydd o'n frenin.'

'Ond does gen i ddim gwraig, heb sôn am fab eto,' meddai Uthr.

'Wel, mae'n bryd i ti wneud rhyw siâp ar gael un felly, tydi!' meddai Myrddin.

'Ie, efallai dy fod yn iawn. Fe newidia' i fy enw i Uthr Pendragon ar ôl heno ac efallai y bydd y merched yn hoffi'r enw. Mae'n swnio'n eitha da tydi?'

'Mae'n enw gwych, Uthr – ond tyrd yn dy flaen, mae gen ti frwydr i'w hennill yn y bore. Fe gei di chwilio am wraig yn y pnawn os bydd amser!'

* * *

Wel, fe enillodd Uthr Pendragon y frwydr honno a sawl un arall hefyd cyn cael gwraig, ond fe briododd o yn y diwedd. Enw ei wraig oedd Ygerna. Roedden nhw'n byw yng nghastell Tintagel yng Nghernyw ac yno y ganed mab iddyn nhw. Rhoddwyd yr enw Arthur ar y bychan.

Er bod y castell yn un cadarn iawn, yn sefyll ar ben craig uchel uwchben y môr, ofnai Uthr i'w elynion dorri i mewn iddo a lladd Arthur. Roedd yn benderfynol fod geiriau Myrddin am ei fab yn mynd i ddod yn wir, ond i wneud hynny roedd yn rhaid i'r bychan fyw.

Roedd gwraig Ector, un o filwyr dewraf Uthr, wedi cael mab bach yr un adeg ag Ygerna. Penderfynodd Uthr anfon ei fab atyn nhw i gael ei fagu fel eu plentyn nhw. O wneud hynny, fyddai neb ddim callach pwy oedd Arthur a byddai'n ddiogel.

Gwnaed hynny heb lol na ffwdan a thybiodd pawb fod Ector a'i wraig wedi cael efeilliaid – Arthur a Cai. Yn ffodus roedd y ddau yn edrych yn eithaf tebyg i'w gilydd. Doedd Arthur hyd yn oed ddim callach a meddyliai mai Ector oedd ei dad. Roedd hynny'n llawer mwy diogel wrth gwrs, rhag ofn iddo ddweud rhywbeth a fyddai'n ei beryglu.

Yn y cyfamser, daliodd Uthr i ymladd yn llwyddiannus iawn yn erbyn y Saeson. Roedd o mor llwyddiannus yn wir nes iddyn nhw benderfynu bod yn rhaid ei lofruddio neu chaen nhw byth mo'r llaw uchaf ar y Cymry. Anfonwyd ysbïwr i gastell Tintagel a sylwodd hwnnw fod y brenin yn yfed o ffynnon ger y castell bob dydd. Un diwrnod, rhoddodd wenwyn yn y dŵr a lladd Uthr. Diwrnod du iawn oedd hwnnw i'r Cymry.

'Mae ar ben arnom ni bellach.'

'Ydi wir, heb Uthr i'n harwain ni fedrwn byth drechu'r gelyn.'

'Hen dro nad oes ganddo fo fab i'w ddilyn o fel brenin. Yn fab i'r Pendragon, byddai hwnnw'n siŵr o fod yn arweinydd o fri.'

'Ie, wel, nid felly'r oedd hi i fod, mae'n rhaid. Amser a ddengys beth wnaiff ddigwydd.'

Wyddai neb ond Ector a'i wraig am fodolaeth Arthur, a oedd bellach yn bymtheg oed. Roedd Arthur yn drist o fod wedi colli ei frenin. Wyddai o ddim ei fod hefyd wedi colli ei dad.

Roedd cael gwlad heb frenin yn beth peryglus iawn. Roedd yn rhaid cael brenin ar unwaith i arwain y bobl yn erbyn y Saeson neu byddent wedi mynd o dan y don. Gwyddai Myrddin pwy ddylai fod yn frenin wrth gwrs, ond roedd yn bwysig profi hynny i bawb arall. I wneud hynny, galwodd y dewin holl arglwyddi a phobl bwysig y wlad ynghyd i Lundain dros y Nadolig. Addawodd y byddai arwydd pendant yr adeg honno· i brofi pwy ddylai fod yn olynydd i Uthr druan. Daeth cannoedd ynghyd oherwydd roedd sawl un yn meddwl y dylai fod yn frenin. Yn eu plith roedd Ector ac aeth â Cai ac Arthur gydag ef.

Roedd Arthur wedi rhyfeddu gweld Llundain. Ni fu erioed mewn dinas mor fawr a phan aeth Ector a Cai i'r seremoni groesawu, aeth yntau i grwydro. Welodd o erioed gymaint o ryfeddodau yn yr un lle o'r blaen. Bu mewn sawl amgueddfa. Synnodd at y siopau ac edmygodd Sgwâr Buddug, y ferch a ymladdodd mor ddewr yn erbyn y Rhufeiniaid. O ganlyniad, chlywodd o mo araith Myrddin y dewin.

'Croeso i chi, gyfeillion! Croeso mawr! Yn Llundain heddiw mae ein brenin nesaf ni, olynydd Uthr Pendragon. Fe gawn ni arwydd pendant mai ef ydi'r brenin. Draw acw mae anferth o garreg gyda chleddyf wedi ei blannu i mewn ynddi.'

Trodd pawb i edrych i'r cyfeiriad a ddangosodd Myrddin, ac aeth ymlaen i siarad.

'Caiff pob un ohonoch gyfle i geisio tynnu'r cleddyf o'r garreg, ond dim ond un fedr wneud hynny, sef ein brenin nesaf.'

'Ond mae hynny'n mynd i gymryd dyddiau,' meddai rhywun o'r dyrfa.

'Ydi, ond y mae'n deg â phawb, a ph'run bynnag, rydw i wedi trefnu twrnameint i'ch cadw'n brysur a diddan. Bydd gwobr sylweddol i'r ymladdwr gorau yn y twrnameint, felly pob hwyl ar y tynnu – a'r ymladd.'

Math o ymladd gyda gwaywffyn a chleddyfau ar gefn ceffylau oedd twrnameint, ond doedd o ddim yn ymladd go iawn chwaith. Sioe oedd o'n fwy na dim, cyfle i ddangos eich gallu fel marchog heb i neb gael ei ladd na'i frifo'n rhy ddrwg.

Roedd Cai wrth ei fodd. Ffansïai ei hun yn dipyn o ymladdwr a gwyddai fod ganddo obaith da o guro'r twrnameint. A phwy a ŵyr, efallai y byddai'n ddigon cryf i dynnu'r cleddyf o'r garreg hefyd a bod yn frenin nesaf Prydain. Dyna fyddai strôc!

Rhuthrodd Cai i flaen y rhes a ddisgwyliai orchymyn Myrddin i geisio cael y cleddyf yn rhydd.

'Gyfeillion! Fe gaiff pawb geisio rhyddhau'r cleddyf. Cymerwch eich amser. Cewch dynnu am faint fynnoch chi a dod yn ôl i geisio eto, os hoffech chi – er y tybia' i y bydd y brenin iawn yn llwyddo ar ei gyfle cyntaf. Cai, ti sydd gyntaf rydw i'n gweld. Tyrd yma, 'ngwas i – a phob lwc i ti a phob un ohonoch chi.'

Aeth Cai at y garreg, gafael yng ngharn y cleddyf a rhoi plwc. Er mawr siom iddo, ni symudodd y cleddyf. Rhoddodd ei droed yn erbyn y garreg a thynnu'n galetach. Dim lwc. Gafaelodd yn y carn â'i ddwy law, rhoi ei ddwy droed yn erbyn y garreg a thynnu â'i holl nerth. Tynnodd a thynnodd nes bod ei wyneb yn fflamgoch ac yn laddar o chwys ond roedd y cwbl yn ofer. Roedd y cleddyf mor sownd ag erioed yn y garreg.

Aeth Cai oddi yno â'i gynffon rhwng ei afl, gan feddwl bod yn rhaid i frenin nesaf Prydain fod yn eithriadol o gryf.

I anghofio ei siom, aeth Cai draw at y maes lle cynhelid y twrnameint. Yno, roedd pob un a ddymunai ymladd yn cael rhif i benderfynu pryd ac yn erbyn pwy yr ymladdai. Tynnodd Cai ei rif a cherdded draw at y stafelloedd newid i wisgo ei siwt ddur yn barod.

Ar ganol newid, sylweddolodd ei fod wedi anghofio ei gleddyf. Roedd wedi cael rhif eithaf isel a gwyddai ei fod i ymladd cyn bo hir, ond heb gleddyf ni fedrai ymladd a châi ei fwrw allan o'r twrnameint. Ni fedrai ddioddef meddwl am y fath beth felly rhuthrodd o'r stafell i weld a oedd rhywun a fedrai ei gynorthwyo. Pwy oedd yn dod i'w gyfarfod ond Arthur.

'Arthur bach! Rydw i mor falch o dy weld di! Wnei di fy helpu i?'

'Gwnaf siŵr, os medra' i. Beth sydd?'

'Mae gen i gof fel gogor. Rydw i i fod i ymladd yn y twrnameint mewn ychydig ond rydw i wedi anghofio fy nghleddyf.'

'Wel, y lembo! Ond dim ots, fe ges i rif uchel, felly fe af i i'r llety i nôl dy gleddyf di a gorffen dithau newid.'

'Diolch o galon i ti.'

'Croeso, siŵr. Dos i orffen newid ac fe af innau.'

Neidiodd Arthur ar gefn ei geffyl a charlamu tua'r llety. Ar y ffordd, aeth heibio i'r garreg lle'r oedd y cleddyf. Doedd neb o gwmpas gan fod pawb wedi rhoi'r ffidil yn y to am y diwrnod hwnnw.

Wyddai Arthur ddim byd am y bustachu oedd wedi bod wrth y garreg wrth gwrs. Yr unig beth a welai ef oedd cleddyf cyfleus mewn carreg – un a wnâi'r tro i'r dim i Cai, gan arbed amser a thaith ar draws Llundain iddo.

Llamodd Arthur o'r cyfrwy a gafael yn y cleddyf. Daeth o'r garreg mor rhwydd â phetai mewn gwain, a heb sylweddoli pwysigrwydd yr hyn yr oedd newydd ei wneud, rhuthrodd Arthur yn ôl tua'r twrnameint. Rhedodd i stafell newid Cai â'i wynt – a'r cleddyf hud – yn ei ddwrn.

'Hwda Cai! Roedd rhywun wedi gadael hwn mewn carreg ar y ffordd i'r gwesty – tydi pobol Llundain yn flêr, dywed? Fe fedrai unrhyw un fod wedi ei gymryd o. Fe wnaiff y tro i ti am y pnawn yma.'

'Diolch, Arthur,' meddai Cai. Prin y medrai gael y geiriau o'i geg, roedd o wedi ei synnu cymaint. Hwn oedd y cleddyf y bu'n tynnu mor galed wrth geisio ei ryddhau. Bellach roedd yn gafael ynddo ac nid oedd Arthur, yn amlwg, yn gwybod am ei bwysigrwydd.

Ni chymerodd Cai arno ddim byd, dim ond mynd i ymladd yn y twrnameint. A dyna beth oedd cynnwrf! Pan welodd y dyrfa y cleddyf, aeth ebwch mawr drwy'r holl le.

'Ylwch beth sydd gan Cai!'

'Y cleddyf yn y garreg, myn coblyn i!'

'Ond fe glywais i ei fod wedi methu ei dynnu yn rhydd y pnawn yma!'

'Wel, mae'n rhydd yn awr!'

'Cai ydi'n brenin nesaf ni felly.'

Dechreuodd y bobl foesymgrymu o'i flaen ac ambell un hyd yn oed yn penlinio. Roedd Cai wrth ei fodd, yn enwedig pan glywodd un neu ddau yn ei gyfarch fel 'Eich Mawrhydi'. Gwelodd Ector hyn ac aeth at Cai.

'Lle cefaist ti'r cleddyf yna, Cai?'

'O'r garreg, wrth gwrs.'

'Ie, ie, ond sut?'

'Wel ei dynnu'n rhydd siŵr iawn!'

'Ie, ond pwy wnaeth Cai?'

'Y, wel . . . y . . . y, fi!'

'Wyt ti'n siŵr o hynny?'

'Ym . . .'

'Wel . . . ?'

'Na, Arthur wnaeth. Roeddwn i wedi anghofio fy nghleddyf ac aeth Arthur i'w nôl. Ar y ffordd fe welodd o hwn a'i dynnu'n rhydd.'

'Wel, wel, pwy fuasai'n meddwl – ac eto, mae o'n fab i Uthr wedi'r cwbl.'

'Arthur, yn fab i'r brenin?' meddai Cai mewn syndod. 'Mae Arthur yn fab i Uthr?'

'Ydi,' meddai Ector, 'a fo, yn naturiol, fyddai'r un i dynnu'r cleddyf o'r garreg. Ac yn awr, mae'n rhaid dweud hynny wrth bawb sydd yma.'

Gwnaeth Ector hynny ond ni chredai neb mohono. Roedden nhw'n meddwl ei fod yn ceisio'u gorfodi i dderbyn un o'i feibion yn frenin arnynt. Yn y diwedd, bu'n rhaid i Myrddin setlo'r mater.

'Gyfeillion, does ond un ffordd o dorri'r ddadl. Bydd yn rhaid rhoi'r cleddyf yn ôl yn y garreg a gadael i bawb, gan gynnwys Cai ac Arthur, gael ymgais arall ar ei dynnu'n rhydd. Unwaith eto, dim ond y gwir frenin fydd yn gallu gwneud hynny. Pob lwc unwaith eto.'

Cafwyd yr un perfformiad eto. Tynnu. Chwysu. Stryffaglu. Bustachu. A methu. Cafodd pawb, gan gynnwys Cai, dynnu ei orau glas, a'r cwbl yn ofer. Yna camodd Arthur ymlaen a thynnu'r cleddyf o'r garreg yn union fel petai'n ei dynnu o wain. Y tro hwn, roedd wedi cyflawni'r gamp o flaen y dorf i gyd a doedd dim amheuaeth bellach pwy oedd y brenin.

* * *

Pymtheg oed oedd Arthur pan aeth yn frenin, ond gyda chyngor doeth Myrddin, daeth yn frenin cryf iawn. Yn wir, ef oedd y brenin mwyaf nerthol a welodd Prydain erioed. Llwyddodd i atal y gelyn rhag cipio mwy o diroedd y Cymry ac enillodd sawl brwydr yn eu herbyn.

Defnyddiodd lawer ar y cleddyf a dynnodd o'r garreg, ond fe dorrodd yn y diwedd a bu'n rhaid iddo gael un newydd. Cafodd hwnnw drwy ddilyn Myrddin at lyn unig. Yno gwelodd fraich yn codi o'r dŵr, yn dal y cleddyf harddaf a welodd erioed. Chwifiodd y fraich y cleddyf mewn cylch deirgwaith cyn ei daflu at Arthur. Daliodd yntau ef ac wrth gwrs, hwnnw oedd yr enwog Galedfwlch.

Cafodd Arthur gant a mil o anturiaethau. Bu'n ymladd cewri ac yn helpu Culhwch i ennill Olwen yn wraig. Lluniodd y Ford Gron fel y medrai pob un o'i farchogion eistedd yn agos ato wrth fwyta. Cafodd y rheini hefyd lu o anturiaethau, yn enwedig wrth chwilio am y Greal, sef y cwpan a ddefnyddiwyd yn y Swper Olaf.

Mae hanes Arthur yn haeddu llyfr ynddo'i hun, o stori ei ddewis yn frenin i hanes ei frwydr olaf yng Nghamlan a'i gludo i Ynys Afallon neu i ogof ddofn i gysgu gyda'i filwyr dewr nes y bydd yn adeg iddo ddychwelyd i achub y Cymry.

NIA BEN AUR

Rydym ni'r Cymry yn enwog am dalu parch i feirdd. Bob blwyddyn yn yr Eisteddfod Genedlaethol bydd miloedd yn tyrru i'r Pafiliwn i weld coroni a chadeirio'r bardd buddugol, a miloedd mwy yn gwrando ar y radio neu'n gwylio'r cyfan ar y teledu. Ond sut bobl ydi beirdd, meddech chi? Mae llawer yn meddwl amdanyn nhw fel pobl ychydig yn rhyfedd, gyda gwallt hir, yn defnyddio geiriau mawr. Efallai eich bod chi'n adnabod bardd? Un felly ydi o tybed?

Ar y cyfan, a bod yn onest, tydi beirdd ddim yn bobl tu hwnt o ddiddorol, nac ydyn? Maen nhw'n tueddu i fyw bywydau digon cyffredin pan nad ydyn nhw'n barddoni. Ers talwm, fodd bynnag, roedd beirdd fel Dafydd ap Gwilym yn crwydro ymhell ac agos ac yn cael llawer o hwyl – ac ambell antur hefyd – ar y daith.

Y bardd a gafodd yr antur fwyaf a'r daith ryfeddaf o'r

cwbl oedd Osian, pan aeth gyda Nia Ben Aur i Dir Na n'Og. Hoffech chi gael y stori? Wel, dyma hi.

* * *

Tywysog yn Iwerddon oedd Osian. Un diwrnod, ddechrau'r haf ganrifoedd lawer yn ôl, roedd yn hela gyda'i dad a nifer o gyfeillion pan arhosodd i edmygu'r olygfa, a oedd yn drawiadol iawn. Roedd Osian yn fardd, a gwelai gyfle i sgrifennu cerdd arbennig o dda am yr hyn a welai yn awr. O'i flaen roedd cwm yn llawn o niwl y bore a'r haul yn ei brysur chwalu. Wrth iddo syllu ar harddwch yr olygfa, clywodd sŵn carnau a gwelodd Osian ferch ifanc ar gefn ceffyl gwyn hardd yn marchogaeth o'r niwl tuag ato.

Syfrdanwyd y bardd gan dlysni'r ferch. Welodd o erioed neb tebyg iddi o'r blaen. Gwisgai goron aur am ei phen ac roedd ei dillad a ffrwyn ei cheffyl yn disgleirio gan emau gwerthfawr. Roedd hyd yn oed pedolau'r ceffyl yn aur pur. Y peth mwyaf syfrdanol amdani fodd bynnag oedd ei gwallt melyn a syrthiai'n donnau i lawr ei chefn. Hi oedd y ferch dlysaf welodd Osian erioed.

Teimlai ei galon yn curo fel gordd wrth i'r ferch ddod tuag ato a siarad gydag ef a'i dad.

'Nia Ben Aur ydw i, merch Brenin Tir Na n'Og, gwlad lle mae pawb yn aros yn ifanc am byth. Rydw i'n dy garu di, Osian, ac wedi croesi'r moroedd i ofyn a ddoi di'n ôl gyda mi i dir fy nhad.'

Roedd Osian yn rhy syfrdan i ddweud yr un gair, ond siaradodd ei dad ar ei ran.

'Rydw i weld clywed am Dir Na n'Og, ond sut le sydd yno?'

'Mae hi'r wlad hyfrytaf ar wyneb y ddaear. Mae'r coed yn drwm gan ffrwythau gydol y flwyddyn ac mae blodau ym mhob twll a chornel ohoni. Fe glywir sŵn gwenyn yn casglu mêl ym mhobman. Does neb byth yn sâl yno ac felly, wrth gwrs, does neb byth yn marw. Os y doi di yno gyda mi Osian, fe gei di fod yn dywysog Tir Na n'Og.'

Roedd llais Nia Ben Aur fel mêl bro ei mebyd a phan wnaeth arwydd arno i fynd ar gefn y ceffyl gyda hi, gwnaeth Osian hynny heb feddwl dwywaith.

'Aros, Osian – wyt ti'n siŵr dy fod yn gwneud y peth iawn?' meddai ei dad. Ond erbyn hynny roedd yn rhy hwyr ac Osian a Nia yn diflannu ar gefn y ceffyl gwyn.

Carlamodd y march hud dros gae a chors, mynydd a bryn a chyn bo hir doedd dim ond y môr o'u blaen. Cipiodd cyflymder y ceffyl wynt Osian ond er hyn, doedd arno ddim mymryn o ofn oherwydd gwyddai ei fod yn ddiogel gyda Nia.

Roedd yn hollol gywir, wrth gwrs. Wnaeth y ceffyl ddim hyd yn oed arafu ar ôl cyrraedd y traeth, dim ond mynd yn ei flaen am y tonnau. Pranciodd yn ysgafn ar frig pob ton gan chwalu'r ewyn gwyn gyda'i bedolau aur. Carlamodd ymhell allan i'r môr ac ar y gorwel gwelodd Osian fod tir yn dod i'r golwg. Tir Na n'Og oedd hwn ac roedd yn hollol wahanol i unman a welodd Osian cyn hyn. Roedd bryniau, cestyll a threfi yn ei fro ei hun ond roedd yn ymwybodol fod y rhain i gyd yn fil gwaith harddach. Roedd hyd yn oed y gwair yn lasach yn Nhir Na n'Nog.

Doedd yr holl harddwch a welsai Osian hyd yn hyn fodd bynnag yn ddim o'i gymharu â'r olygfa oedd yn ei ddisgwyl pan garlamodd y march hud i olwg y

21

brifddinas, cartref Nia. Codwyd hi o farmor ac ym mhobman fflachiai aur ac arian – oddi ar doeau, oddi ar ffenestri ac oddi ar waliau. Roedd y gerddi'n llawn blodau na welodd Osian mo'u tebyg erioed a thrydar adar a suo gwenyn i'w clywed ym mhobman.

'A dyma Dir Na n'Og, ie?' meddai Osian.

'Ie,' meddai Nia gan droi pen y ceffyl i gyfeiriad mynedfa'r castell harddaf a welodd Osian eto. Disgleiriai fel darn o'r haul a doedd dim rhyfedd, oherwydd roedd pob modfedd ohono wedi ei orchuddio ag aur pur. Chwifiai baneri sidan yn seithliw'r enfys i lawr y muriau. Hwn oedd cartref Nia Ben Aur.

Croesodd y ceffyl gwyn bont arian dros yr afon a amgylchynai'r castell. Nofiai elyrch duon a gwynion arni. Aethant drwy ddrws a oedd wedi ei orchuddio ag aur a gemau. Dychrynodd Osian am ei fywyd o weld beth oedd yr ochr arall iddo. Yno yn ei wynebu roedd dau gant o filwyr arfog: cant ar geffylau claerwyn a chant ar geffylau du fel glo. Doedd dim angen poeni fodd bynnag, oherwydd roedd gwên ar wyneb pob un. Milwyr personol y brenin oedd y rhain a daeth y brenin ymlaen i groesawu Osian yn awr.

'Croeso i Dir Na n'Og, Osian. Rydan ni bob amser yn rhoi croeso mawr i feirdd i'n gwlad. Mae hon yn wlad arbennig iawn, fel y clywaist ti gan Nia. Does neb yn heneiddio na marw yma. Dydi amser ddim yn cyfri yma. Mae pob diwrnod yn un hapus a phawb yn byw am byth. Dydi'r cnydau byth yn methu a tydi hi ddim ond yn bwrw glaw fel bo'r angen. Pam na wnei di briodi Nia a byw yma o hyn ymlaen? Fe gei di ddigon o destunau cerddi yma yn Nhir Na n'Og! Tyrd oddi ar y march hud – unwaith y bydd dy draed yn cyffwrdd y ddaear, fe

fyddi di'n dywysog yma yn fy ngwlad.'

Ac felly y bu pethau. Neidiodd Osian i lawr oddi ar gefn y march hud a chyn gynted ag y cyffyrddodd ei draed ddaear Tir Na n'Og, gwelwyd newid ynddo. Trodd ei groen i fod yr un lliw ag un Nia Ben Aur. Ymddangosai'n ieuengach wrth i'w groen lyfnhau. Goleuodd ei wallt ac aeth ei ysgwyddau'n lletach.

Y prynhawn hwnnw priodwyd Osian a Nia a chynhaliwyd gwledd anferth i'w hanrhydeddu. Gosodwyd platiau a chwpanau aur ar y byrddau. Diddanwyd pawb gan delynorion gyda thelynau arian a beirdd oedd yn clodfori'r pâr ifanc. Hwn oedd diwrnod hapusaf bywyd Osian a doedd dim rhyfedd oherwydd roedd wedi syrthio mewn cariad dros ei ben a'i glustiau â Nia Ben Aur.

Roedd Osian uwchben ei ddigon yn Nhir Na n'Og. Roedd y wlad yn baradwys ac ar adegau roedd yn ofni mai breuddwyd oedd y cyfan ac y byddai'n diflannu wrth iddo ddeffro. Doedd ond eisiau iddo deimlo hiraeth am rywbeth o fro ei febyd a byddai'n digwydd, boed yn wledd, yn helfa, neu rasio ceffylau. Dim ots beth a ddymunai, roedd i'w gael yma – ac ar ben hynny roedd popeth, boed bysgota neu wledda, rasio neu nofio yn well o lawer. Roedd y tywydd bob amser yn braf a'r awyr bob amser yn las. Doedd dim diwrnod yn mynd heibio nad oedd Osian yn synnu at rywbeth newydd yn y wlad ryfeddol hon.

Eto, yn y nos, pan oedd yn cysgu, teimlai Osian ysfa i ddychwelyd i Iwerddon. Er mor berffaith oedd bywyd yma, byddai'n braf gweld ei gyfeillion eto a chael mynd gyda nhw i bysgota neu hela. Lawer tro, gwelodd Nia ef yn cerdded o gwmpas y llofft rhwng cwsg ac effro. Ar yr adegau hynny, gwyddai fod hiraeth mawr ar ei gŵr. Ar adegau o'r fath hefyd byddai'n trefnu eu bod yn mynd i hela ben bore trannoeth.

'Osian, dydyn ni heb fod yn hela ers tipyn bellach. Beth am fynd heddiw?'

'Ie – bydd yn hwyl carlamu ar draws gwlad ar ôl baedd gwyllt ffyrnig.'

'Tyrd 'te, fe fwytawn ni'n awr a mynd yn syth.'

Digwyddai hyn yn aml a threuliai Osian ei amser yn hela, pysgota a barddoni. Roedd yn arbennig o hoff o hela a chlywid ei gorn hela aur yn seinio ym mryniau Tir Na n'Og yn gyson.

Un diwrnod bu'n erlid baedd gwyn am filltiroedd, gan ruthro ar ei ôl ar hyd cymoedd a thros fryniau. Heb sylweddoli hynny, roedd wedi gadael Nia a'i gyfeillion ymhell ar ôl. Carlamodd ymlaen ac ymlaen nes colli'r baedd a sylweddoli ei fod wedi cyrraedd ymylon gwlad hollol wahanol i Dir Na n'Og. Roedd hon yn llwm a llwyd, heb ddim o lesni a lliw bywiog Tir Na n'Og yn perthyn iddi – ac eto, roedd rhywbeth yn gyfarwydd am y tir hwn. Roedd yn debyg iawn i fro ei febyd. Sylweddolodd Osian fod yn rhaid iddo fynd yn ôl i Iwerddon i weld ei ffrindiau a'i deulu eto. Fodd bynnag, doedd o ddim eisiau mynd yn ôl heb ddweud wrth Nia yn gyntaf, felly trodd yn ôl am y castell hardd lle'r oedd yn byw.

* * *

'Nia,' meddai ar ôl cyrraedd y castell, 'fe hoffwn i fynd yn ôl i Iwerddon am ychydig.'

'Pam, dwyt ti ddim yn hapus yma efo fi?'

'Wrth gwrs fy mod i – rydw i'n hapus tu hwnt – ond rydw i eisiau gweld fy nheulu a'm ffrindiau weithiau hefyd.'

'Reit, fe gei di ddychwelyd am ychydig, ond ar un amod, ac mae o'n amod pwysig iawn. Fe gei di fenthyg y ceffyl gwyn ddaeth â thi yma ond rhaid i ti addo na wnei di gyffwrdd blaen troed ar dir Iwerddon.'

'Pam? Mae hynna'n swnio'n rhyfedd iawn i mi.'

'Os wnei di, weli di byth mohona i na Thir Na n'Og eto. Wnei di addo i mi?'

'Iawn, fe wna' i hynny er mwyn cael gweld fy nheulu a'm ffrindiau eto. Er y bydd hynny'n ymddangos yn rhyfedd iddyn nhw efallai, fe arhosa' i ar gefn y march hud drwy'r amser er mwyn i mi gael dod yn ôl yma atat ti.'

Anfonwyd am y ceffyl gwyn, llamodd Osian ar ei gefn ac i ffwrdd ag ef. Roedd golwg drist iawn ar Nia wrth ffarwelio, er i Osian ddweud y byddai'n ei ôl ymhen tridiau.

Unwaith yn rhagor, carlamodd y march hud dros donnau'r môr gan chwalu'r ewyn â'i garnau. Ni fu'n hir cyn i Osian weld bryniau Iwerddon ar y gorwel a glaniodd y ceffyl ar dir sych dim ond ychydig filltiroedd o'r lle y cychwynnodd ar ei antur fawr. Roedd yn ôl yn Iwerddon!

Dechreuodd chwilio'r coedwigoedd am unrhyw arwydd o'i gyfeillion yn hela. Er clustfeinio ni chlywodd smic o'u corn hela enwog. Lle'r oedden nhw tybed?

Wrth fynd yn ei flaen gwelodd adeiladau hynod. Roeddent wedi eu codi o gerrig ac yn uchel a chryf. Welodd o erioed mo'u tebyg. Doedden nhw ddim yno pan adawodd rai blynyddoedd ynghynt. Roedd yr holl beth yn ei synnu.

Penderfynodd fynd draw i gartref Finn, ei gyfaill pennaf, a throdd ben y ceffyl gwyn tua'r gaer enwog. Ar y ffordd gwelodd bobl y wlad yn cerdded ac yn gweithio yn y caeau. Synnodd mor fach a gwantan yr olwg oedden nhw. Doedden nhw mo'r un bobl, rywsut, i'r rhai oedd yma flwyddyn neu ddwy ynghynt, cyn iddo fynd i Dir Na n'Og.

O'r diwedd, cyrhaeddodd gaer Finn . . . a dychryn am ei fywyd. Roedd y llys hardd a safai yno yn rwbel. Cofiodd fel y byddai ef a'i gyfeillion yn gwledda yno ar ôl diwrnodau caled o hela. Bellach doedd dim ond chwyn a danadl poethion lle'r arferai byrddau wegian dan bwysau bwyd a diod. Lle'r oedd pawb? Beth oedd wedi digwydd? Gwyddai nad oedd gan Finn elyn yn y byd a feiddiai ymosod arno. Tybed ai wedi symud i lys mwy yn rhywle arall yr oedd o? Roedd y distawrwydd yn llethol a sbardunodd Osian y march gwyn a gadael yr olygfa drist.

Trodd tua'r traeth a gweld chwarel a dynion yn gweithio ynddi. Byddai'r rheini'n sicr o wybod hanes ei ffrindiau, felly aeth atynt. Wrth ddynesu gwelodd eu bod yn ceisio'n ofer i godi carreg fawr. Unwaith eto, synnodd at eu gwendid. Flwyddyn neu ddwy ynghynt, byddai'r dynion lleol wedi codi carreg o'r fath yn hawdd. Beth oedd wedi digwydd i bawb?

'Bore da!'

'Sut? Beth oedd hynna? Beth ydych chi'n ddweud?' Doedd y gweithwyr ddim yn ei ddeall! Erbyn meddwl, roedd Osian yn cael trafferth i'w deall hwythau hefyd. Roedd yr iaith yn wahanol rhywsut. Gyda llawer o drafferth cafodd rhyw fath o sgwrs gyda hwy, fodd bynnag.

'Osian ydw i. Rydw i wedi bod yn Nhir Na n'Og am flwyddyn neu ddwy ac wedi dychwelyd i chwilio am Finn a'm cyfeillion. Wyddoch chi ble maen nhw?'

'Osian a Finn ddywedsoch chi? Ond maen nhw wedi hen ddiflannu o'r tir. Fe glywais i hanes bod dyn o'r enw Osian wedi mynd i Dir Na n'Og tua thri chan mlynedd yn ôl.'

Prin y medrai Osian gredu ei glustiau. Mae'n rhaid eu bod wedi camddeall. Penderfynodd gynorthwyo'r trueiniaid gwan yma i godi'r garreg cyn mynd yn ei flaen. Plygodd i lawr yn ei gyfrwy a'i chodi'n hawdd. Roedd yn drwm iawn fodd bynnag a chyda chlec, torrodd y gengl – y gwregys oedd yn dal y cyfrwy ar gefn y march hud. Syrthiodd Osian ar lawr a gwelodd y gweithwyr newid arswydus ynddo. Yn y fan a'r lle roedd y dyn ifanc cryf ac iach a gododd y garreg mor hawdd wedi troi'n hen ŵr musgrell. Roedd ei wallt prin

yn wyn fel eira. Dyna'i freichiau nerthol wedyn – roedd y rheini bellach yn denau fel rhai sgerbwd ac yn rhy wan i'w codi. Roedd y march gwyn gyda'r pedolau aur wedi mynd, gan adael dim ond mymryn o darth i ddiflannu yng ngwres y bore.

Wrth gyffwrdd yn ddamweiniol â thir Iwerddon, roedd yr holl amser a dreuliodd Osian yn Nhir Na n'Og – ac roedden nhw'n ganrifoedd – wedi ei ddal. O fewn eiliadau roedd o'n llwch ac ni châi ddychwelyd i'r wlad lle'r oedd pawb yn byw am byth.

PONT Y CYTHRAUL

Fydd eich ysgol chi yn mynd am drip weithiau? I'r sw efallai, neu i lan y môr? Sut fyddwch chi'n mynd? Mewn bws mae'n siŵr. Mae rhai tripiau yn mynd ar drên bach ac mae digon o'r rhain i'w cael yng Nghymru.

Trên bach enwocaf Cymru o bosib ydi'r un sy'n mynd i ben yr Wyddfa o bentref Llanberis. Mae un yn y Bala hefyd ac un arall eto yn Nhal-y-llyn.

Efallai eich bod wedi teithio ar y trên bach sy'n mynd o Aberystwyth i Bontarfynach. Mae hwn yn drip gwerth chweil a'r trên yn mynd i fyny Cwm Rheidol i ganol y mynyddoedd nes cyrraedd Pontarfynach.

Daw pobl o bob rhan o'r byd i'r fan yma i weld yr olygfa ac un hynod iawn ydi hi hefyd. Mae afon Mynach yn llamu i lawr hafn gul, ddofn, ond mae'n ddigon hawdd ei chroesi oherwydd mae yma dair pont. Ie, dyna chi, TAIR pont, un uwchben y llall! Os cerddwch chi i lawr y llwybr serth i waelod yr hafn ac edrych i fyny, fe welwch y tair yn glir ac mae'n werth mynd â chamera yno.

Mae'r bont isaf yn hen iawn. Yr enw arni ydi Pont y Cythraul ac wrth gwrs, mae yna stori y tu ôl i'r enw.

* * *

Hen wraig fach dlawd oedd Mari Siôn, yn byw ar ei phen ei hun yn nhyddyn Ty'n y Bont ar lan afon Mynach. Dynes fach dew oedd Mari ac yn dipyn o ffefryn gan blant yr ardal am y gwyddent ei bod yn un dda am wneud cyfleth a bod peth i'w gael bob tro y galwent heibio Ty'n y Bont.

Bwthyn digon cyffredin, fel cannoedd o rai eraill tebyg yng Ngheredigion oedd Ty'n y Bont. Roedd y croeso a geid yno'n fawr fodd bynnag a'r drws ar agor led y pen bob amser i'r cymdogion alw heibio. Crwydrodd y sôn am y croeso a geid gan Mari ymhell a chafodd sawl teithiwr blinedig eistedd wrth ei thanllwyth tân i fwyta dysglaid o gawl blasus cyn parhau â'i daith. Un felly oedd Mari Siôn. Fel y dywedodd un o'i chymdogion amdani, 'Hi yw'r garedicaf a roddodd esgid am ei throed erioed.'

Doedd gan Mari ddim llawer o dir, dim ond pedair neu bum erw a dweud y gwir, ond roedd yn ddigon i'w chadw'n gysurus. Câi wlân i'w droelli'n edafedd gan y defaid, wyau gan ei hanner dwsin o ieir a llefrith llawn hufen gan Modlen y fuwch. Roedd pawb yng Nghwm Rheidol yn gwybod am Modlen. Byddai Mari'n sôn amdani byth a beunydd, gan ddweud fel nad oedd yr un giât na gwrych yn rhwystr i'r hen fuwch. Roedd ysfa gref i grwydro ynddi ac unwaith fe ddilynodd Mari bob cam i Bonterwyd pan aeth yno i brynu blawd! Meddyliai Mari'r byd o Modlen ac ni fyddai'n ei gwerthu am unrhyw bris. Gwyddai'r ffermwyr lleol hynny, gan iddynt geisio'i phrynu sawl tro ar ôl blasu'r menyn a'r caws hyfryd a wnâi Mari â'i llefrith.

Modlen – a'r tywydd – oedd testun sgwrs criw ohonyn nhw yn y farchnad ym Mhontrhydfendigaid un dydd Mawrth.

'Shw' mae hi, Ifan?'

'Wel Dafydd, bachan, shwt mae'r hwyliau?'

'Eithaf da ar y cyfan, ar wahân i'r tywydd felltith yma.'

'Wel ie, mae'n eitha gwlyb, on'd yw hi?'

'Gwlyb? Gwlyb ddywedest ti? Tydi hi'n glawio ers tridiau soled a dim golwg bod diwedd arno.'

'Ydi, ydi. Rydw i'n clywed bod pethau'n reit wael tua Chwm Rheidol acw.'

'Ydyn glei. Mae'r afon ymhell dros ei glannau a chaeau dan ddŵr. Yn ôl yr hyn glywais i ar y ffordd y bore yma, mae llawer o ddefaid yr Hafod wedi boddi ar ôl cael eu sgubo i ffwrdd gan y lli.'

'Sut mae hi tua Phontarfynach acw?'

'Ddim yn rhy ddrwg a dweud y gwir, ond bod yr afon yn andros o uchel.'

Ar hynny, dyma fustach go dda yn dod ar werth ac anghofiodd y ddau ffermwr am y tywydd wrth fargeinio'n galed am yr anifail.

Rai milltiroedd i ffwrdd yn Nhy'n y Bont, fedrai Mari Siôn ddim anghofio am y tywydd. Roedd wedi bod wrthi'n pobi bara drwy'r bore gan nad oedd yn ffit o dywydd i wneud unrhyw waith allan. Fel y tynnai at amser cinio clywai sŵn yr afon yn troi'n rhuo dyfnach, dyfnach bob munud wrth i holl nentydd y mynyddoedd dywallt eu dŵr iddi. A dweud y gwir, doedd arni hi ddim llai nag ofn, er y gwyddai ei bod yn ddiogel yn y tŷ, ond ar yr un pryd roedd yn ysu am gael cip ar yr afon yn llifo i lawr yr hafn islaw'r tŷ i gyfeiriad y Cwm.

Yn y diwedd, aeth yr ysfa i weld yn drech nag ofn ac allan â hi. Bu ond y dim iddi droi ar ei sawdl a chloi'r drws ar ei hôl. O'i blaen gwelai wal o ddŵr gwyn yn llifo fel creadur gwyllt dan y bont a roddodd ei henw i'r tŷ. O fewn eiliadau, roedd Mari yn wlyb at ei chroen ond ni sylwodd ar hynny. Roedd yr olygfa a'r sŵn yn ei hudo fel pry at gannwyll. Aeth yn nes ac yn nes at y bont, gan deimlo'r ddaear yn crynu dan ei thraed gyda grym y lli.

Gwelodd fod y bont yn symud . . . roedd ar fin chwalu! Ar hynny, gwelodd rywbeth a wnaeth i'w gwaed fferru. Yn cerdded tuag at y bont roedd Modlen y fuwch, fel petai dim o'i le. Roedd wedi bod yn crwydro fel arfer ac ar ei ffordd adref.

Daeth sŵn fel taran. 'Modlen! Cer 'nôl, mae'r bont yn chwa . . . !'

Ond ni chafodd Mari amser i orffen y frawddeg. Gwelodd y bont gyfan yn cael ei sgubo ymaith i ganlyn y dŵr a Modlen druan arni.

Â'i llygaid yn llawn dagrau, edrychodd Mari ar draws yr hafn lle bu'r bont a lle'r oedd Modlen eiliad ynghynt. Yr ochr arall i'r afon, yn sefyll ar silff gul roedd Modlen. Roedd yr hen fuwch wedi disgyn arni pan chwalodd y bont. Heb y bont doedd dim gobaith iddi ddod yn ôl. Yn wir, roedd y silff yn un fechan iawn a doedd wiw iddi symud llawer rhag ofn iddi syrthio i ddŵr gwyllt yr afon, ond o leiaf roedd yn fyw ac yn iach.

Rhuthrodd Mari i lawr y lôn ac i dŷ ei chymydog, Ifan Llwyd.

'Ifan! Ifan! Mae rhywbeth ofnadwy wedi digwydd!'

'Mari fach, beth sydd? Rwyt ti'n edrych fel petaet ti wedi gweld ysbryd! Eistedd i lawr wrth y tân yn y fan yma a dywed beth sydd o'i le.'

'Modlen . . . '

'Ie . . . ?'

'Mae'r bont wedi chwalu ac mae Modlen yn gaeth ar silff yr ochr arall. Beth wna' i Ifan? Mae arna i ofn i Modlen druan foddi.'

'Pryd ddigwyddodd hyn?'

'Yr eiliad yma. Bu ond y dim iddi fynd i ganlyn y bont ond rywsut neu'i gilydd fe syrthiodd ar silff ar y graig. Ond sut ydw i'n mynd i'w chael hi oddi yno Ifan?'

'Ydi hi wedi cael niwed?'

'Na, mae hi i weld yn iawn ond heb fwyd fe fydd yn marw ac os bydd yn symud llawer mae peryg iddi gwympo i'r dŵr.'

'Mae hynny'n wir. Aros am funud i mi wisgo côt ac fe ddof gyda thi i weld beth fedrwn ni ei wneud.'

Erbyn i'r ddau gyrraedd yr hafn roedd golwg ddigon digalon ar Modlen. Cododd ei llygaid mawr ac edrych ar draws at Mari, fel petai'n dweud 'Mae'n ddrwg gen i' yn ei ffordd ei hun.

'Wel Mari, roeddet ti'n iawn, mae Modlen mewn dipyn o gawl.'

'Ond mae'n rhaid bod yna rhywbeth y medrwn ni ei wneud? Fedrwn ni ddim gadael y greadures yn y fan acw i newynu neu foddi.'

'Na fedrwn, wrth gwrs.'

'Beth wnawn ni 'te?'

'Wel, y peth cyntaf yw ceisio diogelu Modlen am y tro. Weli di'r goeden griafol acw sy'n tyfu ar y silff? Efallai y medrwn ni ei rhwymo hi wrth honna rhag ofn iddi lithro.'

'Ond sut ar wyneb y ddaear fedri di gyrraedd ati heb bont?'

'Efallai y medrwn ni gael rhaff drosodd a mynd ar hyd honno. Tyrd nawr, does dim amser i'w wastraffu. Fe fydd hi'n dywyll tua hanner awr wedi pedwar a bydd yn rhaid gwneud y gwaith cyn hynny.'

'Fe arhosa' i yma efo Modlen i'th ddisgwyl di'n ôl. Mae arna i ofn iddi ddychryn a chwympo i'r dŵr wrth fy ngweld yn mynd eto.'

'Syniad da. Fydda i ddim yn hir.'

'Iawn. Diolch i ti Ifan.'

'Croeso, siŵr. Hwyl i ti am y tro.'

Ac yn wir, fu Ifan ddim hanner awr nad oedd yn ei ôl gyda hanner dwsin o feibion y ffermydd a'r tyddynnod cyfagos, a phob un yn grymffast cryf. Er hyn roedd pob munud fel awr i Mari a hithau ar bigau'r drain.

Cariai Ifan raff hir â bachyn mawr wedi ei glymu wrth un pen iddi. 'Popeth yn iawn, Mari?'

'Ydyn, hyd yn hyn.'

'Reit fechgyn, welwch chi'r goeden griafol acw? Y syniad yw cael y bachyn i afael yn honna, clymu'r pen arall yr ochr yma a dringo drosodd at Modlen. Pwy fedr fachu'r goeden i mi?'

'Beth am Guto? Mae e'n dipyn o bysgotwr. Dyw e ddim yn dal llawer o bysgod ond rydw i wedi ei weld e'n bachu digon o goed gyda'i blu!'

'Cau dy ben, y mwlsyn!'

'Mae'r gwir yn lladd medden nhw . . . '

'Reit fechgyn, dyna ddigon o dynnu coes. Guto, wyt ti'n fodlon rhoi cynnig arni?'

'Ydw.'

Ac felly y bu – Guto'n chwyrlïo'r bachyn o gwmpas ei ben ac yna'i daflu i gyfeiriad y goeden. Er nad oedd yn bell, roedd yn waith anodd tu hwnt. Cipiai'r gwynt y bachyn bob tro a syrthiai'n glewt i'r afon gan lusgo'r rhaff fel neidr hir ar ei ôl. Aeth yn sownd rhwng y cerrig ar wely'r afon unwaith a bu'n rhaid i'r criw dynnu'n galed i'w gael yn rhydd. Syrthiodd y bachyn ym mrigau'r griafolen dro arall ond tawelodd 'Hwrê!' y bechgyn pan welsant y bachyn yn llithro o frigau'r goeden, taro'r silff a diflannu unwaith eto i drochion gwyllt yr afon.

Yna, llwyddodd Guto i daflu'r bachyn i frigau'r goeden eto a'r tro hwn roedd wedi gafael yn soled, oherwydd er cryn dynnu, doedd dim symud arno.

Clymwyd y rhaff wrth ddarn o graig ac aeth Ifan ati i ddringo drosodd.

'Peth da fod Ifan mor gryf!'

'Ydi wir – fedrwn i byth fynd ar hyd y rhaff fel yna, yn crogi gerfydd fy nwylo.'

'Na finnau. Petai'n digwydd llithro, byddai'n Amen arno!'

'Mae e bron wedi cyrraedd hanner ffordd bellach.'

'Ydi, mae ei draed e yn yr afon.'

'Ydyn. Gobeithio nad yw'r dŵr yn tynnu gormod yn ei erbyn.'

Ond yn ei flaen yr aeth Ifan a chyrraedd yr ochr arall yn ddiogel.

Aeth yn syth at Modlen gan fwytho'i thrwyn a hithau'n gwthio'i phen caredig yn erbyn ei ysgwydd.

Roedd yn wirioneddol falch fod rhywun wedi dod ati.

O gwmpas ei gorff roedd Ifan wedi dolennu rhaff arall a defnyddiodd honno'n awr i rwymo Modlen yn ddiogel wrth y griafolen, fel na fedrai grwydro a disgyn i'r afon.

'Reit Modlen fach, dyna ti yn ddiogel. Bydd yn rhaid i mi fynd yn ôl nawr. Fe ddown ni'n ôl yn y bore i geisio dy gael di oddi yma. Iawn fechgyn, rydw i'n dod yn ôl!' bloeddiodd uwchlaw rhuo'r dŵr.

Pan gyrhaeddodd Ifan yn ôl at Mari a gweddill y criw, roedd wedi blino'n lan . . . ac roedd rheswm da am hynny.

'Mari fach, wn i ddim sut i ddweud hyn wrthyt ti, ond paid â rhoi dy fryd ar achub Modlen.'

'Pam Ifan? Beth sydd? Dywed wrtha i!'

'Wrth i mi fynd drosodd at Modlen roedd y dŵr yn cyrraedd at fy mhengliniau pan oeddwn i ar ganol y rhaff. Wrth i mi ddod yn ôl, roedd y dŵr bron at fy nghanol a phrin medru dal fy ngafael wnes i.'

'Beth wyt ti'n geisio'i ddweud?'

'Mae'r afon yn dal i godi, Mari, a hynny'n gyflym. Does dim modd i ni gael Modlen oddi ar y silff yna heddiw bellach oherwydd mae'n tywyllu ac erbyn y bore mae'n beryg y bydd . . . '

Orffennodd Ifan mo'r frawddeg. Doedd dim rhaid iddo. Gwyddai pawb beth yr oedd yn ei awgrymu. Roedd wedi darfod ar Modlen druan.

'Efallai na wnaiff yr afon godi cymaint yn ystod y nos,' awgrymodd Mari.

'Efallai'n wir. Fe ddown ni'n ôl gyda'r wawr fory i weld sut fydd pethau a dod â digon o raffau i geisio cael Modlen drosodd.'

Geiriau i gysuro Mari oedd y rhain mewn gwirionedd, oherwydd hyd yn oed petai Modlen yn dal ar y silff a heb foddi erbyn y bore, doedd dim gobaith ei chael oddi yno. Fedrai hi byth ddringo i fyny oddi ar y silff ac wrth gwrs, fedrai hi ddim mynd ar hyd rhaff. Doedd dim gobaith iddi nofio'r afon chwaith – byddai'n cael ei sgubo ymaith ac yn erbyn y creigiau o fewn eiliad. Ond roedd yn rhaid cynnig rhywfaint o gysur i Mari druan neu byddai'n torri ei chalon.

'Petawn i'n dy le di, fe awn i adref a chael noson dda o gwsg.'

'Ie, yn y munud. Ewch chi adref fechgyn. Fe wela' i chi yn y bore.'

'Iawn. Nos da 'te Mari,' meddai'r criw.

'Nos da.'

Eisteddodd Mari ar garreg a dagrau poeth yn cronni yn ei llygaid wrth weld Modlen mor agos, ac eto mor bell ac mewn cymaint o berygl.

Ochneidiodd yn ddwfn. Ofnai ei bod yn gweld un o'i ffrindiau gorau am y tro olaf.

Ar hynny, a hithau rhwng nos a dydd, sylweddolodd Mari fod rhywun yn sefyll y tu ôl iddi. Chlywsai hi mo neb yn dod chwaith a meddyliodd efallai mai un o'r bechgyn oedd yn dal yno. Trodd ei phen – a dal ei gwynt mewn syndod.

Yn sefyll y tu ôl iddi roedd dyn tal mewn clogyn du a gyrhaeddai o'i ysgwyddau at y llawr. Am ei ben gwisgai het ddu uchel ac roedd ganddo farf du, pigfain.

'Pwy . . . Pwy sydd yna? Pwy ydych chi?'

'Dim ots am hynny. Digwydd mynd heibio oeddwn i a chlywed ochneidio. Fedra' i helpu?'

Roedd gan y dieithryn lais dwfn a llyfn fel melfed,

ond ar yr un pryd gyrrai iasau fel dŵr oer i lawr cefn Mari wrth ei glywed. Roedd rhywbeth yn fygythiol ynddo, fel petai'r llais yn dod o rywle arall, neu o fyd arall hyd yn oed.

Edrychodd Mari ar wyneb y dyn dieithr. Roedd yn gwenu, ond gwên oeraidd oedd hi. Doedd dim arwydd gwên ar gyfyl y llygaid tywyll, cyfrwys. Llanwyd Mari ag ofn.

Trodd yr ofn hwnnw'n arswyd wrth i'r dyn mewn du gamu'n nes ati. Wrth iddo gerdded, chwythwyd ei glogyn ar agor am eiliad a bu ond y dim i Mari lewygu yn y fan a'r lle. Yn hytrach na thraed fel chi a fi, carnau fel gafr oedd gan y dieithryn! Y Diafol – y Gŵr Drwg ei hun – oedd hwn!

'Mari Siôn ydych chi ynte? A Modlen y fuwch sydd draw yn y fan acw ac sydd mewn perygl o foddi. Ydw i'n iawn?'

'Ydych,' meddai Mari mewn llais bach main. Prin y medrai gymryd ei gwynt, roedd cymaint o ofn arni. 'Sut ydych chi'n gwybod hynny?'

'O, rydw i'n gwybod llawer o bethau – ac yn medru gwneud llawer o bethau hefyd.'

Clywsai Mari lawer am allu'r Gŵr Drwg. Dywedid ei fod yn gallu gwneud pob math o driciau er mwyn ceisio denu pobl i'w ddilyn. Cofiodd hefyd fod llawer yn dweud ei fod yn dwp iawn. Tybed . . . ?

Doedd gan Mari ddim dewis. Petai'n colli Modlen, byddai'n colli'r cwbl. Felly gan gymryd anadl ddofn, penderfynodd fentro.

'Y Gŵr Drwg ydych chi ynte?'

'Ie – ond sut . . . ?'

'O, mae yna ambell i beth y mae gwragedd bach o

Geredigion yn ei wybod hefyd, wyddoch chi.'

'Wel Mari Siôn, rydych chi'n wraig alluog iawn. Efallai y medrwn ni wneud ffafr â'n gilydd.'

'O, sut felly?'

'Fel y dywedais i, mae Modlen draw yn y fan acw a mater o amser ydi hi cyn y bydd hi'n boddi.'

'Cywir, mae arna i ofn.'

'Wel, fe fedra' i ei hachub hi – ond am bris, wrth gwrs.'

'Wrth gwrs – ond sut felly?' Roedd calon Mari'n rasio wrth feddwl am y posibilrwydd o gael Modlen yn ôl yn ddiogel, ond eto roedd arni ofn syrthio i drap.

'Fe goda' i bont newydd i chi ar draws y mymryn afon Mynach yma. Tydi rhywbeth fel hon fawr o her i mi ac fe wna' i hynny i chi, Mari – ond am bris, wrth gwrs.' Roedd y llais wedi poeri'r gair 'Mynach' – a rheswm da pam! – ond bellach roedd yn beryglus o feddal. Rhaid oedd i Mari bwyllo am ei bywyd neu gallai golli'r cyfan.

'Beth yw'r pris hwnnw? Cofiwch chi nad oes gen i fawr o arian. Hen wraig dlawd ydw i.'

'O, dydw i ddim eisiau pres o gwbl. Fe fyddai'n ddigon hawdd i mi wneud peth o hwnnw. Na, yn dâl am godi pont newydd i chi Mari Siôn, rydw i eisiau enaid y creadur byw cyntaf i'w chroesi.'

Suddodd calon Mari i'w hesgidiau. 'Ond fi fydd honno, wrth fynd i ryddhau Modlen cyn iddi foddi.'

'Yn union! Dyna'r dewis yn syml. Eich enaid chi neu Modlen yn boddi. Penderfynwch chi. Fe roddaf ddau funud i chi.'

Sylweddolodd Mari nad oedd ganddi ddewis mewn gwirionedd. Fedrai hi ddim edrych ar Modlen druan yn boddi, oherwydd roedd y dŵr eisoes wedi codi at y silff.

'Faint gymerwch chi i godi pont newydd?'

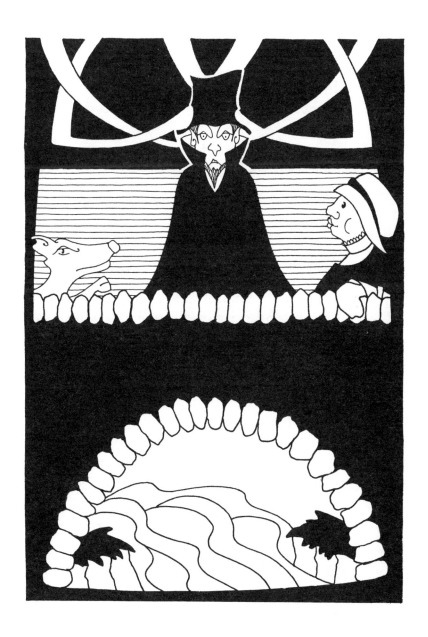

'I mi, sy'n feistr ar y grefft – wel, ar bob crefft a dweud y gwir, os caf i fod mor hy – dim ond eiliadau gymerith hi.'

'Iawn, 'te.'

'Ydych chi'n siŵr?'

'Perffaith siŵr. Brysiwch wir, neu fe fydd hi'n rhy hwyr.'

'Reit, caewch eich llygaid yn dynn a rhowch eich dwylo dros eich clustiau.'

Gwnaeth Mari fel y gorchmynnwyd iddi wneud ond hyd yn oed wedyn cafodd ei dallu gan fellten a'i byddaru gan daran anferthol.

'FE GEWCH CHI EDRYCH YN AWR!' bloeddiodd y Gŵr Drwg.

Cymerodd ychydig eiliadau i lygaid Mari gynefino ar ôl fflach y fellten, ond o wneud, gwelodd bont newydd sbon danlli yn ymestyn dros yr afon at yr union silff lle safai Modlen.

'Eich rhan chi o'r fargen yn awr, Mari Siôn,' meddai'r Diafol yn fygythiol dawel.

'Howld on!' meddai Mari. 'Fe gymerodd y bont arall fisoedd lawer i'w chodi ac edrychwch beth ddigwyddodd i honno. Sut y gwn i fod hon yn ddiogel? Chymerodd hi ond eiliad neu ddwy i'w chodi.'

'O, mae hi'n berffaith ddiogel. Triwch hi!'

'Hy! Ydych chi'n meddwl mai gwirion ydw i? Fe ddyweda' i beth wna' i – mae gen i fara yn pobi yn y tŷ. Beth am i mi rowlio torth gron dros y bont i weld wnaiff hi ddal pwysau honno?'

'Dal torth? Wrth gwrs y gwnaiff hi ddal torth. Ewch i'w nôl hi wir, ddynes. Rydw i ar frys i fynd yn ôl i rywle cynhesach.'

Rhuthrodd Mari i gegin Ty'n y Bont a dod yn ôl gyda thorth yn ei llaw.

'Reit, dyma ni, 'te. Os bydd y bont yn dal i sefyll ar ôl i'r dorth yma rowlio drosodd, fe groesa' innau.'

Lledodd gwên gyfrwys dros wyneb y Gŵr Drwg ond doedd o ddim wedi sylwi fod cysgod gwên ar wyneb Mari hefyd.

Gafaelodd yn y dorth a'i phowlio dros y bont ac wrth gwrs, arhosodd honno ar ei thraed. Disgwyliai'r Diafol i Mari gychwyn cerdded yn syth ond diflannodd yr wên greulon oddi ar ei wyneb wrth i gi digon budur a blêr ruthro ar ôl y dorth. Ci crwydr oedd o, ar lwgu, ac wedi gweld ei gyfle am damaid blasus.

Tro Mari oedd hi i wenu yn awr.

'Wel, mae'n ddiogel i mi groesi yn awr gan mai fi fydd yr AIL enaid byw i groesi'r bont. Diolch yn fawr i chi, Mr Drwg – mae'n bleser taro bargen gyda chi!'

'Hy! Beth wna' i efo rhyw sglyfath o gi budur fel yna! Cadwch o! Dyna'r tro olaf y ceisia' i daro bargen efo Cardi.'

Ar y gair, syfrdanwyd Mari am y trydydd tro. Gwelodd y Gŵr Drwg yn lapio'i hun yn ei glogyn du a diflannu mewn pelen o dân. Yr unig beth ar ôl oedd arogl brwmstan a'r bont newydd – Pont y Cythraul – wrth gwrs!

LLUDD A LLEFELYS

Dau frawd oedd Lludd a Llefelys. Roedd y ddau yn frenhinoedd – Lludd yn frenin Ynysoedd Prydain a Llefelys yn frenin Ffrainc.

Roedd y ddau yn ffrindiau mawr ac uwchben eu digon yn byw yn eu prifddinasoedd. Llundain oedd cartref Lludd a Paris oedd cartref Llefelys. Eto, er bod y ddau yn gymaint o ffrindiau, roedden nhw'n eitha gwahanol i'w gilydd hefyd.

Pysgota, hela a marchogaeth oedd pethau Lludd. Doedd dim yn well ganddo na dychwelyd i'w balas yn fwd o'i gorun i'w sawdl ar ôl bod y carlamu ar draws y wlad drwy'r dydd. Darllen a sgrifennu oedd hoff bethau Llefelys wedyn, a threuliai oriau bob dydd yn y llyfrgell. Bob tro y gwelid ef, byddai ganddo lyfr yn ei law. Roedd un peth yn gyffredin i'r ddau frenin fodd bynnag, sef eu bod yn garedig tu hwnt ac roedd eu pobl yn meddwl y

byd ohonyn nhw.

Cyfnod hapus iawn oedd hwn yn y ddwy wlad ond doedd o ddim i barhau am byth.

* * *

Daeth tri phla dychrynllyd i ormesu Ynysoedd Prydain ac ni fedrai'r bobl druan, na Lludd, wneud dim ynglŷn â nhw. Gwyddai fod Llefelys yn darllen llawer a phenderfynodd sgrifennu ato i ddweud beth oedd yn bod ac i weld a oedd ganddo unrhyw ateb i'w gynnig.

Y Palas,

Llundain.

Dydd Llun

Annwyl Llefelys,

Dim ond nodyn byr i ddweud bod gen i dipyn o broblem yma yn Ynysoedd Prydain ar hyn o bryd – wel, tair a bod yn fanwl gywir.

Y gyntaf ydi pobl fach gas a elwir y Coraniaid. Corachod ydyn nhw a'r rheini'n rhai blin iawn. Wn i, na neb arall, o ble y daethon nhw; un diwrnod roedd popeth yn iawn a'r diwrnod wedyn roedden nhw ym mhobman.

Mae arna i ofn iddyn nhw gipio'r wlad oddi arna i, oherwydd mae ganddyn nhw alluoedd hud. Maen nhw'n gallu clywed pob smic a does wiw dweud gair cas amdanyn nhw heb sôn am drafod sut i gael gwared â nhw. Yn ôl yr hyn mae pobl yn ei ddweud wrtha i, maen nhw'n clywed pob gair sy'n cael ei gario ar y gwynt. Mae'n rhaid i mi gael gwared â'r cnafon bach, ond sut?

Yr ail broblem ydi rhywbeth sy'n digwydd unwaith y flwyddyn yn unig, a diolch i'r drefn am hynny oherwydd mae'n beth ofnadwy iawn, iawn. Pob nos Calan Mai mae 'na sgrech arswydus i'w chlywed uwchben y wlad. Mae mor uchel nes y medrir ei chlywed hi ym mhobman, o ben draw Cernyw i bellafoedd yr Alban.

Mae'n gwneud i'r dynion dewraf grynu ac y mae plant ac anifeiliaid ifanc yn marw o ofn. Mae hyd yn oed coed a phlanhigion yn marw a llawer o bobl yn mynd yn wallgo. Fel y bydd mis Ebrill yn tynnu at ei derfyn fe fydd pawb yn ceisio cau'r sŵn allan o'u tai ac yn stwffio wadin i'w clustiau, ond mae'r cwbl yn ofer bob blwyddyn. Mae'r sŵn mor uchel nes bod pawb yn ei glywed, dim ots ble maen nhw na beth wnaethon nhw. Y peth gwaethaf am y cyfan ydi na wn i na neb arall beth sy'n sgrechian, heb sôn am sut i'w atal.

Mae'r drydedd broblem yn broblem sy'n fy effeithio i o fewn y palas, a neb arall, diolch byth. Ond y mae'n hi'n broblem sy'n gallu bod yn un gas iawn hefyd, yn enwedig os oes yna bobl ddieithr yn aros yma.

Yn fyr, y broblem ydi hyn: mae rhywun neu rhywbeth yn dwyn bwyd o'r gegin a dydw i ddim yn sôn am fynd â mymryn o eog adref i'r gath chwaith. Mae'n waeth o lawer na hynny. Dim ots faint o fwyd wna' i ei baratoi ar gyfer fy ngwesteion, hyd yn oed petawn i'n gorchymyn gwneud digon o fwyd am flwyddyn, os na fwytawn ni o i gyd y noson gyntaf, ni fydd yr un briwsionyn ar ôl fore trannoeth.

Dychmyga fy sefyllfa, Llefelys bach! Clamp o wledd y noson gyntaf. Digonedd o fwyd a diod. Y bore wedyn – dim. Y cypyrddau'n hollol wag. Y brenin yn gorfod picio allan o'i balas i siop y gornel i brynu paced o uwd i wneud brecwast. Fe hoffwn gael fy mhump ar yr un sy'n dwyn fy mwyd. Mae'n gwneud i mi edrych yn ffŵl yn fy mhalas fy hun ac yn costio ffortiwn i mi.

Os oes gen ti unrhyw syniadau, cofia sgrifennu'n ôl ar unwaith.

Cofion gorau,
Lludd.

Cludwyd y llythyr gan negesydd ar geffylau chwim rhwng y ddwy brifddinas. Gofalwyd gwneud y cyfan yn gyfrinachol, rhag ofn i'r Coraniaid ddarganfod beth oedd yn digwydd. Fel y blinai un ceffyl, llamai'r negesydd ar gefn ceffyl newydd. Er mawr syndod i Lludd, roedd yn ei ôl yn Llundain gydag ateb Llefelys ymhen wythnos union.

Y Palas,
Paris.
Dydd Iau

Annwyl Lludd,

Mon Dieu! Frawd bach, mae gen ti broblemau, 'toes! Ond paid ti â phoeni, rydw i wedi darllen am bethau tebyg yn rhai o'r llyfrau sydd yn y llyfrgell ac y mae gen i ambell awgrym – ond mwy am hynny yn nes ymlaen.

At y problemau yn gyntaf. Y peth cyntaf y soniaist ti amdano oedd y Coraniaid. Rydw i wedi clywed am bobl o'r fath mewn gwledydd eraill ac y mae sawl enw arnyn nhw. Rwyt ti wedi bod yn anlwcus i gael criw mor annifyr, oherwydd maen nhw'n gallu bod yn ddigon caredig.

A dweud y gwir, fe hoffwn i weld rhai o'r Coraniaid

yma, oherwydd dim ond darllen amdanyn nhw yr ydw i wedi ei wneud. Os wyt ti'n fodlon, fe ddof i draw yr wythnos nesaf, gan ofalu gwneud hynny'n ddi-lol wrth gwrs, rhag iddyn nhw amau dim. Yn y cyfamser, fedri di orchymyn gwneud pibell hir o efydd fel y medrwn ni siarad efo'n gilydd yr adeg hynny heb i'r Coraniaid glywed? Diolch.

Dreigiau sydd wrth wraidd dy ail broblem di yn ôl pob tebyg. Mae creaduriaid o'r fath i'w cael yn y Dwyrain Pell ac y mae'n swnio'n debyg fod dwy ohonyn nhw wedi dod draw acw ac yn ymladd unwaith y flwyddyn. Yn ôl teithwyr ac anturiaethwyr sydd wedi eu clywed nhw, mae eu sgrechfeydd yn ddigon i godi gwallt pen y dyn dewraf.

Problem elfennol iawn ydi'r drydedd, Lludd annwyl. Mae'n amlwg fod dewin yn dwyn bwyd y llys a hynny ar ôl gwneud i bawb gysgu'n drwm. Fyddan ni fawr o dro yn rhoi diwedd ar ei gastiau o.

Adieu, tan yr wythnos nesaf felly,
Llefelys.

* * *

Fel yr oedd Llefelys wedi addo yn ei lythyr, aeth i Lundain i weld Lludd yr wythnos ganlynol. Cafodd groeso cynnes ond tawel rhag i'r Coraniaid glywed.

'Llefelys! Diolch i ti am ddod.'

'Croeso'n tad. Rŵan, rhag i ni wastraffu dim amser – ydi'r bibell efydd yn barod?'

'Ydi, dacw hi.'

'Reit. Rho di dy glust wrth un pen ac fe siarada' i y pen arall. Fedr wyddost-ti-pwy ddim clywed ein sgwrs ni wedyn.'

Dechreuodd Llefelys siarad drwy'r beipen a Lludd yn gwrando ond roedd yr hyn a glywai yn lol llwyr. Prin y medrai gredu bod Llefelys yn dweud y fath bethau twp. Ceisiodd ddweud hynny wrtho drwy'r beipen ond roedd yntau hefyd yn swnio'n hollol wirion i'w frawd.

'*Sacre bleu!* Fe wn i beth sydd. Oes gen ti win?'

'Oes, dacw fo. Oherwydd y lleidr, rydw i'n gorfod ei brynu fesul casgenaid bellach.'

'I'r dim, fe dywalltwn ni win i mewn i'r bibell i weld beth wnaiff ddigwydd.'

Caewyd un pen i'r bibell a gwagiwyd y gasgenaid gwin i mewn iddi. O fewn rhai munudau daeth Coraniad bach blin – a thu hwnt o feddw! – allan ohoni a chafodd ei daflu o'r palas yn ddiseremoni.

Ef oedd wedi bod yn taflu ei lais o un pen i'r beipen i'r llall wrth i'r brodyr siarad!

'Wyt ti'n fy nghlywed i'n iawn rŵan?' meddai Llefelys.

'Ydw, yn glir fel cloch.'

'Da iawn. Wel, dyna fi wedi gweld un ohonyn nhw o leiaf. Rydw i'n gwybod yn union sut rai ydyn nhw bellach a does dim angen i ti boeni. Mae'r ateb gen i.'

'Beth ydi hwnnw felly?'

'Mewn bocs yn y fan yna mae math arbennig o anifail. Yr enw arnyn nhw ydi ffolliaid ac ni welwyd erioed rai yn Ynysoedd Prydain o'r blaen. Yr hyn sydd eisiau i ti ei wneud ydi cadw rhai ohonyn nhw'n fyw ac yna gwneud cawl efo'r gweddill. Pan fydd y cawl yn barod bydd eisiau gwahodd y Coraniaid draw atat. Er mwyn cael gwared â nhw, smalia fod yn gyfeillgar tuag atyn nhw am unwaith.'

'Ac rydw i i fod i roi'r cawl iddyn nhw'n fwyd, ydw i?' meddai Lludd.

'Na, nid yn union . . . pan fydd y Coraniaid i gyd wedi cyrraedd, tafla'r cawl am ben pawb. Fe fydd yna andros o lanast ond dyna ddiwedd y Coraniaid hefyd, a fyddi di a dy bobl ddim gwaeth.'

'Wyt ti'n siŵr?'

'Yn berffaith siŵr. Mae o wedi ei brofi mewn sawl gwlad yn barod.'

Gwnaed yn union fel y dywedodd Llefelys a gweithiodd y cawl i'r dim. Diflannodd y Coraniaid yn y man ond cadwodd Lludd ychydig o'r ffolliaid yn fyw, rhag ofn i'r Coraniaid ddychwelyd rywbryd eto, ac wrth gwrs, roedd golwg ofnadwy ar stafell fwyta'r palas ond buan iawn y daeth y lle i drefn efo dŵr a sebon a llyfiad o baent.

* * *

'Reit, yr ail broblem – y dreigiau yma sy'n sgrechian,' meddai Llefelys. 'Oes gen ti fap a phren mesur?'

'Oes, dacw fo.'

Roedd map crand iawn gan Lludd yn crogi ar y pared. Aur oedd ei ddefnydd ac roedd gemau gwerthfawr yn dangos y prif drefi a'r dinasoedd. Aeth Llefelys ato ar unwaith, gan fesur yn fanwl.

'Beth wyt ti'n ei wneud?'

'Ceisio canfod union ganol dy deyrnas di.'

'I beth?'

'Am mai uwchben y fan honno y mae'r dreigiau'n ymladd. Maen nhw i'w clywed ym mhob rhan o'r wlad, felly mae'n rhaid eu bod nhw yno.'

Bu Llefelys wrthi am sbel cyn rhoi ebwch bach.

'A! Dyma ni – Rhydychen. Mae eisiau mynd yno nos Calan Mai a gwneud anferth o dwll. Wrth ymyl y twll mae eisiau rhoi'r badell fwyaf y medri di gael hyd iddi, ei llenwi hi gyda medd ac yna ei gorchuddio â sidan.'

A dyna'n union wnaeth Lludd. Nid oedd yn deall pam, yn iawn, ond dilynodd gyfarwyddiadau Llefelys yn fanwl.

'Reit Llefelys, mae popeth yn barod – y twll, dysglaid anferth o fedd a sidan tenau drosti. Beth rŵan?'

'Eistedd a disgwyl. Fe welwn ni'r ddwy ddraig yn codi o'r twll cyn bo hir ond paid ag ofni, welan nhw mohonan ni'n cuddio yn y fan yma.'

'Ond pam y medd a'r sidan?'

'Wel, fe fydd y ddwy yn ymladd heno a bron â thagu eisiau diod. Gan mai diod wedi ei wneud gyda mêl ydi medd, fe glywan nhw ei arogl a mynd at y ddysgl. Fe suddan nhw drwy'r sidan ac yfed y medd.'

'Ie . . .'

'Beth mae medd yn wneud?'

'Gwneud i bobl feddwi?'

'Yn union! Fe fydd y ddwy ddraig yn chwil ulw beipan. Yr unig beth fydd eisiau i ti ei wneud wedyn fydd lapio'r ddwy yn y sidan a'u claddu nhw mewn lle diogel. Oes gen ti le o'r fath?'

'Oes, mae yna fryn yng nghanol mynyddoedd Eryri sydd ymhell o bob man. Mi af i â nhw i'r fan honno.'

'Delfrydol. Cladda nhw yn y fan honno a chlywi di ddim siw na miw ganddyn nhw eto.'

Ac felly'n union y bu pethau. Ymladdodd y ddwy ddraig, yfed y medd, meddwi a chael eu lapio yn y sidan. Cyn i'r ddwy sobri rhuthrwyd hwy i Ddinas

Ffaraon, fel y gelwid y bryn yn Eryri, eu sodro mewn twll digon gwlyb a'u claddu o'r golwg. Roedd yr ail broblem wedi ei datrys.

* * *

'Reit Lludd, dim ond problem y bwyd diflanedig sydd ar ôl bellach ac fel y dywedais i yn fy llythyr, fyddwn ni fawr o dro yn ei datrys.'

'Sut felly?'

'Fel y dywedaist ti, problem bersonol ydi hon. Dewin sy'n dwyn dy fwyd a hynny pan fo pawb yn cysgu. Mae'r ateb yn syml – rhaid i ti beidio cysgu.'

'Ond fe ddywedaist ti ei fod o'n defnyddio hud i'n cael ni i gysgu!'

'Do, ac fe ddefnyddiwn ninnau synnwyr cyffredin i'w drechu yntau. Cynnal andros o wledd fawr nos yfory a gwahodd dy ffrindiau i gyd. Fe fydd y dewin yn sicr o geisio dwyn y bwyd ond fe fyddi di'n barod amdano fo y tro hwn. Wnei di ddim cysgu oherwydd fe fydd gen ti ddysglaid o ddŵr oer o dy flaen.'

'Dŵr oer? Sut mae peth mor syml â hynny yn mynd i drechu hud dewin?'

'Yn hollol syml, frawd annwyl! Bob tro y byddi di'n pendwmpian, fe fydd dy ben yn mynd i'r dŵr – a does dim byd gwell na throchfa mewn dŵr oer i gadw'n effro!'

'Ac fe ddaliaf innau'r lleidr wrth ei waith wedyn! Rwyt ti'n athrylith, Llefelys!'

Ac felly y bu pethau gyda'r dewin hefyd. Noson y wledd daeth sŵn hudolus cerddoriaeth hyfryd i'r neuadd a chyn pen dim roedd pawb yn chwyrnu cysgu

. . . pawb ond Lludd. Roedd o'n dal yn effro – diolch i'r dŵr oer.

Ymhen hir a hwyr, fe welodd glamp o ddyn yn cerdded yn dalog i mewn i'r wledd gan gymryd yn ganiataol fod pawb yn cysgu'n drwm. Dan ei gesail roedd cawell bychan a dechreuodd ei lenwi â bwyd. Wrth i Lludd sbecian daeth yn amlwg mai cawell hud oedd hwn, oherwydd roedd yn gallu dal holl ddanteithion y wledd, yn gigoedd, cacennau a gwinoedd heb ei llenwi.

O'r diwedd daeth at y bwrdd lle smaliai Lludd gysgu. Neidiodd yntau ar ei draed â'i gleddyf yn ei law. Gollyngodd y dewin y cawell mewn dychryn a thynnu ei gleddyf yntau o'r wain. Bu'n frwydr fawr rhwng y ddau – weithiau ar ben y byrddau, weithiau rhyngddynt, a gwreichion yn tasgu o'r cleddyfau wrth iddynt daro.

Oherwydd ei hoffter o hela a bywyd y wlad, roedd Lludd yn giamstar efo cleddyf a chyn hir gwelodd ei fod am guro'r dewin, er ei fod yn gawr o ddyn. Chwyrlïodd cleddyf Lludd yn erbyn cleddyf y dewin a'i daro o'i law. Roedd ar ben arno'n awr a syrthiodd ar ei liniau gan grefu am ei fywyd.

'Paid â'm lladd, Lludd! Fe wna' i unrhyw beth i ti os y gwnei di adael i mi fyw.'

'Wyt ti'n addo peidio â dwyn fy mwyd byth eto?'

'Ydw, ydw – unrhyw beth.'

'Ond beth am y bwyd wyt ti wedi ei ddwyn yn y gorffennol? Rwyt ti wedi costio ffortiwn i mi, wyddost ti.'

'Fe dala' i am y cwbl ac rydw i'n addo byhafio o hyn ymlaen.'

'Iawn 'te, fe setlwn ni am hynny, ond os bydd yna unrhyw lol eto, fydda i ddim mor drugarog y tro nesaf.'

* * *

Felly, gyda chymorth ei frawd, dysglaid o gawl, dysglaid o fedd a dysglaid o ddŵr, fe lwyddodd Lludd i gael gwared â'r tair problem a fu'n gymaint o ormes arno ef a'i bobl.

. . . O, a rhag ofn i mi anghofio, fe fydd y rheini ohonoch chi sydd wedi clywed stori Myrddin Emrys yn cofio bod dwy ddraig yn honno hefyd. Wel, mewn gwirionedd, y ddwy ddraig gladdodd Lludd yn y twll gwlyb oedden nhw, oherwydd Dinas Ffaraon oedd hen enw Dinas Emrys cyn i Myrddin fynd yno a'u darganfod nhw eto.

GWYLLIAID COCHION MAWDDWY

Dim ots o ba gyfeiriad bron yr ewch chi i Ddinas Mawddwy, mae yna allt. Ardal fynyddig iawn ydi hi a dyna pam mae cymaint o elltydd wrth gwrs.

Prin yr ydyn ni'n sylwi arnyn nhw wrth fynd mewn car cyflym neu fws cysurus . . . ond roedd hi'n wahanol iawn ers talwm. Cymerwch y ffordd o Ddolgellau drosodd i Ddinas Mawddwy. Ganrifoedd yn ôl, llwybr cul a chreigiog oedd yma a hwnnw'n disgyn ar ei ben i lawr o'r bwlch am Ddinas Mawddwy. Byddai llawer yn cerdded dros y bwlch ac i lawr yr allt rhag ofn i'w ceffyl rusio a'u lladd.

Ond nid y ffyrdd gwael a'r gelltydd oedd prif berygl yr ardal hon gynt. Byddai pawb yn ceisio osgoi mynd ar gyfyl Dinas Mawddwy oherwydd roedd criw o ladron yn byw yno, sef Gwylliaid Cochion Mawddwy, ac rydw i am adrodd eu hanes nhw wrthych chi yn awr . . .

* * *

Roedd hi'n brynhawn gwlyb a gwyntog ddechrau Rhagfyr yn y flwyddyn 1554 a theithiwr unig yn marchogaeth ceffyl allan o Ddolgellau i gyfeiriad y de. Peth braf fyddai bod wedi aros i swatio wrth y tanllwyth tân oedd yn y dafarn lle cawsai ginio ond gwyddai Siencyn ap Rhys fod yn rhaid mynd yn ei flaen, er garwed y ffordd a butred y tywydd. Roedd ganddo lythyr pwysig yn ei boced ac roedd yn rhaid i hwnnw fod yn nwylo cyfreithiwr yn Llanfair Caereinion y noson honno neu byddai dyn diniwed yn cael ei grogi. Y dyn diniwed hwnnw oedd ei dad a gwyddai Siencyn fod ganddo ddeng milltir ar hugain o farchogaeth caled o'i flaen cyn y byddai ei dad yn ddiogel.

Gan garlamu i ddannedd y gwynt, tynnodd Siencyn ei gôt yn dynn amdano ond roedd yn wlyb at ei groen o fewn munudau. Arafodd y carlamu hefyd wrth i'w geffyl gychwyn i fyny'r elltydd a arweiniai am y mynyddoedd a Bwlch yr Oerddrws rhwng y Gribin a'r Gribin Fawr cyn mynd i lawr am Ddinas Mawddwy. O gyrraedd Dinas byddai'n tynnu at hanner ffordd. Ar daith o'r fath, lle'r oedd bywyd ei dad yn y fantol, roedd pob munud fel awr a phob milltir fel deg.

Roedd yn niwl dopyn pan gyrhaeddodd Siencyn y bwlch. Oherwydd hynny, a'i frys i orffen y daith, welodd o mo'r ddau ddyn esgyrnog, mileinig yr olwg a guddiai y tu ôl i garreg ar ochr y ffordd. Roedd cleddyf miniog yn llaw y ddau. Dim ond ar ôl i'r ddau ruthro i'w lwybr gan beri i'w geffyl ei daflu y gwelodd o nhw. Y peth olaf a gofiai cyn syrthio a tharo'i ben ar garreg oedd mor goch oedd gwallt y ddau . . .

* * *

Deffrodd Siencyn yn sydyn. Nid oedd ganddo syniad ble'r oedd ond gwyddai ei fod yn oer ac yn brifo drosto. Teimlai fel petai ei ben yn hollti. Roedd yn dywyll fel y fagddu. Sylweddolodd fod rhywun yn galw ei enw a gwelodd oleuadau. Cofiodd yntau beth oedd wedi digwydd iddo.

Rhoddodd ei law yn rcddfol yn ei boced i chwilio am y llythyr a allai achub ei dad, ond nid oedd yno. Roedd hwnnw a'i holl arian wedi mynd. Cofiodd am y ddau ddyn gwalltgoch. Wrth ddwyn y llythyr roeddent hefyd wedi mynd â bywyd ei dad.

'Siencyn ap Rhys! Siencyn ap Rhys!'

'Yn y fan yma!' gwaeddodd yn wan, ei ben yn agor gan boen.

'Diolch byth dy fod yn fyw! Wyt ti wedi brifo?'

'Rydw i wedi taro fy mhen rydw i'n meddwl. Faint o'r gloch ydi hi?'

'Mae'n hanner awr wedi saith.'

'Mae'n rhaid fy mod wedi bod yn anymwybodol am oriau felly. Ond pwy wyt ti? Aros funud, rydw i'n dy adnabod di – ti oedd y gwas yn y dafarn yn Nolgellau.'

'Ie, dyna ti. Fe ddaeth dy geffyl yn ôl hebddot ti ac roedden ni'n tybio bod rhywbeth wedi digwydd iti.'

'Fe ymosododd dau ddyn pengoch arna i ac fe darawais fy mhen ar garreg.'

'Dau o'r Gwylliaid Cochion! Rwyt ti'n lwcus dy fod yn fyw, lanc ifanc!' meddai llais awdurdodol o'r tywyllwch. 'Mae'n rhaid eu bod nhw'n meddwl bod y gwymp wedi dy ladd di neu fe fydden nhw wedi rhoi cleddyf yn dy berfedd cyn dwyn dy arian.'

'Ond maen nhw wedi dwyn rhywbeth mwy gwerthfawr nag arian. Maen nhw wedi dwyn llythyr allai achub bywyd – bywyd fy nhad. Mae wedi cael ei gyhuddo ar gam o ddwyn ac fe gaiff ei grogi yn Llanfair Caereinion. Roedd y llythyr gan ustus yng Nghricieth yn tystio ei fod gartref adeg y lladrad ond mae ar ben arno bellach.'

'Nid yn hollol. Gutyn ab Owain, ustus Dolgellau ydw i ac fe anfona' i rai o'r dynion dewr yma draw i Lanfair Caereinion gyda llythyr arall. Os byddan nhw'n ofalus a rhoi cadachau dros garnau'r ceffylau, efallai y medran nhw fynd drwy Fawddwy a bro'r Gwylliaid yn ddiogel.'

'Pwy ydi'r Gwylliaid yma felly?'

'Criw o ladron perycla'r wlad – ond fe gei di'r hanes eto. Cael y llythyr i Lanfair a thithau i ddiddosrwydd sy'n bwysig ar hyn o bryd.'

* * *

Aeth Gutyn ab Owain â Siencyn i'w gartref i aros y noson honno, ar ôl anfon pedwar o'i ddynion ymlaen am Lanfair Caereinion i geisio achub ei dad.

Ysai Siencyn am wybod mwy am y Gwylliaid Cochion a fu bron â'i ladd ac achosi marwolaeth ei dad.

'Fel y dywedais, criw o ladron ydyn nhw – y gwaethaf a welodd Cymru erioed.'

'Ond pam Gwylliaid *Cochion*? Oes gan bob un wallt coch?'

'Yn union – rwyt ti wedi taro'n hoelen ar ei phen. Mae gan bob un wan jac o'r cnafon fop o wallt coch fel tân. Rwyt ti'n eithriadol o lwcus dy fod yn fyw. Fe fedra' i gyfrif ar un llaw sawl un sydd wedi syrthio i grafangau'r

Gwylliaid Cochion a dianc yn fyw.'

'Ond pam yr enw Gwylliaid?' gofynnodd Siencyn.

'Ysbrydion ydi Gwylliaid ac mae'r enw'n addas i'r criw yma gan eu bod yn crwydro'r wlad fel ysbrydion liw nos.'

'Pobl leol ydyn nhw?'

'Annwyl dad, nage! Mae gan y bobl leol eu hofn nhw am eu bywydau. Mae pawb yn gorfod cario cyllell neu gleddyf i bobman rhag ofn i'r Gwylliaid ymosod arnyn nhw. Yn llawer o'r tai, mae'r trigolion hyd yn oed wedi rhoi llafnau pladur yn groes y tu mewn i'r simneiau rhag ofn i'r Gwylliaid fynd i mewn y ffordd honno. Tydyn nhw'n malio dim mwy am fywyd dyn na bywyd petrisen.'

'Fe welais i hynny y pnawn yma. Does dim ond gobeithio y bydd eich dynion yn cyrraedd Llanfair Caereinion mewn pryd i achub fy nhad rhag y crocbren fory.'

'Gobeithio'n wir. Maen nhw'n haeddu llwyddo, petai dim ond am eu dewrder.'

'Roeddech chi'n dweud yn awr nad pobl leol mo'r Gwylliaid. O lle daethon nhw, 'te?'

'Does neb yn gwybod i sicrwydd. Mae rhai yn dweud mai disgynyddion dyn o'r enw Owain ap Cadwgan a'i ddilynwyr ydyn nhw. Roedd hwnnw'n byw tua phedwar cant a hanner o flynyddoedd yn ôl ac fe fu'n rhaid iddo fo ffoi i Iwerddon ar ôl torri'r gyfraith. Yn y fan honno fe ddaeth yn ffrindiau gyda chriw o ladron gwalltgoch cyn dod â rhai ohonyn nhw'n ôl efo fo i Gymru a setlo ym Mawddwy.'

'Ac yno maen nhw byth?'

'Ie a phob un, fel y sylwaist ti, â gwallt coch. Does neb

na dim yn y gymdogaeth yn ddiogel rhag y taclau ac yn ddiweddar fe fuon nhw'n dwyn defaid a gwartheg. Meddylia mewn difri calon – mae ganddyn nhw ddigon o wyneb i'w gyrru'n ôl i Fawddwy yn yrroedd anferth gefn dydd golau.'

'Mae'n swnio fel petaen nhw'n mynd o ddrwg i waeth.'

'Dydi hynny'n ddim. Mae ugeiniau o ladron a charidýms yn hel atyn nhw bellach a sawl teithiwr druan wedi ei ladd neu ei gadw'n garcharor yn ogofâu Mawddwy nes bod y teulu'n talu crocbris am ei ryddhau.'

Ar hynny, daeth gwas i mewn yn cario hambwrdd wedi ei lwytho â bwyd.

'Garmon! Tyrd i mewn. Rho'r hambwrdd ar y bwrdd wrth ochr Siencyn yn y fan yna. Sôn am y Gwylliaid oedden ni'n awr. Rwyt ti'n gwybod dipyn o'u hanes nhw, dwyt?'

'Ydw, mistar, a finnau'n un o deulu Talyglannau. Roedden ni i gyd yn y weirglodd yn lladd gwair llynedd pan sylwodd fy nhad fod criw o'r Gwylliaid yn torheulo a chlertian ar ochr Braichlwyd, tua hanner milltir i ffwrdd. Roedden nhw'n ddigon pell, felly fe ddalion ni ati i weithio. Wel, fe ddaeth yn amser cinio a dyma Mam â chosyn i'r cae i ni ei fwyta. Dyma hi'n ei osod ar lawr, estyn bara a llaeth enwyn o'r fasged a'r eiliad nesaf dyma saeth yn taro canol y cosyn. Mae ganddyn nhw fwâu saeth ofnadwy o gryf ac yn ôl y bobl leol, mi fedran nhw ladd dyn drwy ei saethu drwy ddrws ei dŷ ei hun.'

'Does neb na dim yn ddiogel felly?' meddai Siencyn.

'Nac oes.'

'Ond pam na wnewch chi rywbeth ynglŷn â nhw,

Gutyn ab Owain?' Roedd Siencyn yn gandryll o feddwl am yr hyn oedden nhw wedi ei wneud iddo ef a'i dad. 'Efallai'n wir y bydd rhywbeth yn digwydd cyn bo hir. Mae'r Barwn Lewis Owen sy'n byw yng Nghwrt Plas-yn-dre wedi cael gorchymyn i'w dal a'u cosbi gan y brenin ei hun. Os ydw i'n adnabod y Barwn Owen, fydd o fawr o dro cyn ufuddhau i orchymyn y brenin, ond dyna ddigon o sôn am Wylliaid Cochion Mawddwy am heno. Dos am y cae sgwâr ar ôl swper, Siencyn, rwyt ti'n siŵr o fod wedi ymlâdd ar ôl dy antur . . . '

* * *

Dair wythnos yn ddiweddarach, gwireddwyd geiriau Gutyn ab Owain. Y noson cyn y Nadolig oedd hi. Roedd yn hanner awr wedi saith a sgwâr hynafol Dolgellau yn ferw o ddynion a cheffylau. Yn eu plith roedd Siencyn a Rhys, ei dad, a ryddhawyd ar ôl i lythyr Gutyn gyrraedd mewn pryd. Roedd pawb yn arfog ac wedi'i lapio'n gynnes rhag yr oerfel gaeafol.

'Ddynion!' bloeddiodd y Barwn Owen, 'mae gennym waith pwysig heno, sef clirio'r Gwylliaid Cochion o Fawddwy unwaith ac am byth. Mae'r dynion dewr a fentrodd drwy Fawddwy i achub Rhys rhag y crocbren dair wythnos yn ôl wedi dangos sut mae modd eu dal. Fe awn ni cyn belled â Bwlch yr Oerddrws, rhoi cadachau dros garnau'r ceffylau a sleifio o'u cwmpas heb i'r giwed amau dim.'

'Syniad gwych!' meddai Gutyn ab Owain. 'Fe ddaliwn ni'r cwbl yn eu tai heb ddim lol wedyn. Yn ôl Garmon, mae Gerallt Goch, eu pennaeth, yn byw fel lord yn yr Hen Blas, Bryn Mawr a'r gweddill yn y Dugoed.'

Ac felly y bu pethau. Gweithiodd y cynllun yn berffaith ac erbyn iddi wawrio ar ddiwrnod Nadolig, roedd y Barwn a'r criw wedi dal wyth deg a mwy o ddynion milain yr olwg. Tystiai'r creithiau ar wyneb sawl un i ymladd ffyrnig ac roedd gan bob un wallt fflamgoch. Roedd y criw fymryn yn siomedig na ddaliwyd y cwbl o'r Gwylliaid ond roedd llawer o'r lladron allan yn dwyn a rhempio ar noswyl Nadolig hyd yn oed.

Penderfynodd y Barwn nad oedd dim amdani ond crogi pob copa walltog o'r lladron fel rhybudd i'w teuluoedd a'r rhai na ddaliwyd. Aed â nhw draw at y Collfryn ac yn eu plith gwelodd Siencyn y ddau a ymosododd arno ym Mwlch yr Oerddrws dair wythnos ynghynt. Doedd dim golwg edifar ar eu hwynebau o gwbl wrth iddynt gerdded heibio â'u dwylo wedi eu rhwymo'n dynn y tu ôl i'w cefnau. Yn wir, poerodd un yn ddirmygus at draed Siencyn wrth basio, cystal â dweud nad oedd yn malio botwm corn ei fod yn mynd i gael ei grogi.

Golygfa ofnadwy oedd honno ar y Collfryn fore dydd Nadolig 1554. Roedd y Barwn Owen yn benderfynol o setlo'r Gwylliaid unwaith ac am byth. Y bwriad oedd dangos bod yr amser pan fedrent ddwyn, codi ofn a hyd yn oed ladd y bobl leol wedi dod i ben.

Dechreuwyd ar y gwaith erchyll o grogi'r Gwylliaid, a hynny o flaen llu o wragedd a phlant pengoch oedd yn gwylio'r cyfan heb ddweud yr un gair, dim ond syllu'n fud a chasineb yn llenwi eu llygaid.

Roedd tua hanner y lladron wedi eu crogi pan ddaeth yn dro llanc tua deunaw oed. Jac Goch oedd ei enw ac er mor ifanc ydoedd, roedd wedi lladd dau ddyn yn barod.

Rhoddwyd y rhaff am ei wddf ac roedd y Barwn ar fin rhoi'r arwydd i'w ollwng i dragwyddoldeb pan ddaeth sgrech annaearol o blith y gynulleidfa bengoch.

'Barwn Owen! Gollwng ef yn rhydd! Jac fy mab ydi hwnna. Wnaeth o ddim o'i le.'

'Dim o'i le? Dim o'i le, yn wir!' arthiodd y Barwn. 'Mae hwn wedi lladd dau ddyn diniwed yn barod.'

'Dim ond deunaw oed ydi o. Maddau iddo fo. Bydd yn drugarog. Mae o'n rhy ifanc i'w grogi. Gollwng ef yn rhydd.'

'Wnaeth o ddangos unrhyw drugaredd at y ddau deithiwr laddodd o ym Mwlch yr Oerddrws? Naddo! Er mai deunaw oed ydi Jac Goch, mae o gyda'r gwaethaf o'r Gwylliaid.'

'Croga fi yn ei le!'

'A gadael i hwn gael ei draed yn rhydd? Byth bythoedd! Crogwch o'r munud yma!'

Wrth i gorff Jac Goch siglo'n araf yn awel oer y bore, camodd ei fam allan o'r dyrfa a dod ymlaen at y Barwn.

'Barwn Owen! Melltith arnat ti! Fe fydd yn edifar gen ti am hyn! Ddaliaist ti mo brodyr Jac na llawer o'r Gwylliaid neithiwr, diolch byth. Maen nhw'n dal yn rhydd ac fe fyddan nhw'n dial am hyn. Ymhen llai na blwyddyn fe fyddan nhw wedi dy ladd ac fe fydd fy meibion yn golchi eu dwylo yng ngwaed dy galon ddidrugaredd. Fe gei dalu'n hallt am dy waith heddiw! Fe fydd y Gwylliaid yn dial am hyn.'

Cerddodd ias fel dŵr rhew i lawr cefn Siencyn wrth weld a chlywed y wrach felyn ei chroen, ei gwallt coch seimllyd yn gaglau budron, yn melltithio'r Barwn. Ond roedd yn rhy hwyr bellach.

* * *

Daeth y gwanwyn i Fawddwy ac yn raddol daeth trefn yn ôl i fywyd y bobl hefyd. Bellach gallai teithwyr deithio drwy'r fro heb boeni'n ormodol am orfod wynebu haid o Wylliaid.

Ond doedd pethau ddim mor syml ag yr ymddangosent ar yr wyneb. Nid oedd diwrnod yn mynd heibio nad oedd Gwylliad, ei wallt fflamgoch wedi ei guddio gan gap neu het, yn sleifio'n ôl i'r Dugoed. Ni sylwodd neb o'r trigolion lleol ar hyn gan fod y lladron yn cadw'n dawel bellach. Cyn hir, fodd bynnag, roedd ugeiniau a lwyddodd i osgoi ymosodiad y Barwn Owen wedi dychwelyd. Roeddent i gyd yn ysu am ddial a neb yn fwy felly na brodyr Jac Goch.

Daeth yr haf a daliodd y Gwylliaid i fyhafio'u hunain. Tybiai pawb fod Mawddwy wedi ei heddychu o'r diwedd, ond disgwyl eu cyfle yr oedden nhw.

Daeth yr hydref, y dail yn troi eu lliw a'r dydd yn byrhau. Daeth hefyd yn amser dial.

Am hanner awr wedi wyth ar Hydref yr 11eg, 1555 carlamodd Garmon, gwas y Barwn Owen, i mewn i dref Dolgellau. Roedd yn waed diferol a'i ddillad yn llyfrïau. Dyma'r hanes a adroddodd wrth deulu'r Barwn.

'Roedd y Barwn a rhai o'i ddynion – finnau yn eu plith nhw – yn dychwelyd o'r llys yn sir Drefaldwyn yn ôl i gyfeiriad Dolgellau y prynhawn yma. Fel y gwyddoch chi, er bod y wlad bellach yn weddol heddychlon, gofalai'r Barwn fod pump neu chwech ohonom o'i gwmpas bob amser pan fentrai ymhell – rhag ofn.

Roedden ni'n teithio drwy ymylon tir a reolid gan y

Gwylliaid Cochion gynt. Er y gwyddai eu bod nhw wedi aros yn hynod o dawel ers ymron i ddeng mis, roedd o'n falch iawn ein cael ni efo fo.

Roedd y ffordd yr oedden ni'n teithio arni yn hynod o gul ac yn arwain drwy goedwig drwchus. Roedd y Barwn newydd ddweud ei fod yn lle perffaith am ymosodiad pan welsom goed yn disgyn ar draws y ffordd o'n blaen. Cyn i ni gael amser i droi ein ceffylau, roedd sŵn mwy yn disgyn y tu ôl i ni ac roedden ni wedi ein dal mewn trap.'

'Pwy osododd y trap?'

'Pwy feddyliech chi? Y Gwylliaid wrth gwrs. Roedd pawb yn amau iddyn nhw fod yn dawel yn rhy hir. Disgwyl eu cyfle yr oedden nhw – ac fe ddaeth y pnawn yma.'

'Beth ddigwyddodd ar ôl i'r coed ddisgyn?'

'Dim am funud neu ddau. Fe ddadweiniodd pawb ei gleddyf i ddisgwyl y gwaethaf ac yna'n sydyn daeth cawod o saethau am ein pennau ni – y rhan fwyaf wedi eu hanelu at y Barwn druan. Fe laddwyd pawb ond fi yn y fan, heb i ni weld y gelyn hyd yn oed.

Roeddwn i wedi disgyn ar lawr mewn poen ar ôl cael saeth yn fy ysgwydd a phan glywais rywun yn dynesu, fe gymerais arnaf fy mod i wedi marw fel y lleill. Y Gwylliaid oedd yno wrth gwrs, ugeiniau ohonyn nhw. Fe gipion nhw bob dim gwerth ei ddwyn, llongyfarch ei gilydd ar ladd y Barwn a mynd.

Roedden nhw wedi mynd tua chwarter milltir, a finnau'n dechrau teimlo'n fwy diogel, pan glywais nhw'n troi'n ôl. Daeth dau frawd Jac Goch at gorff y Barwn annwyl a golchi eu dwylo yn ei waed. "Dyna lw Mam wedi ei gwireddu," medden nhw a mynd eto.

Y tro yma wnes i ddim gwastraffu amser. Fe sleifiais drwy'r coed, cael hyd i un o'r ceffylau oedd wedi dianc yn ystod yr ymosodiad a charlamu oddi yno am fy mywyd.'

Roedd yr ymosodiad yma'n ddigon i bobl Dolgellau. Fore trannoeth aeth pawb i gyfeiriad Mawddwy a dal pob un o'r Gwylliaid, yn ddynion, gwragedd a phlant. Crogwyd pob un o'r dynion a bu'n rhaid i'w teuluoedd ffoi am byth, gan chwalu i bedwar ban byd. Ni phoenwyd neb gan y Gwylliaid Cochion ar ôl hyn.

* * *

Mae ambell enw yn yr ardal yn dal i'n hatgoffa o hanes y Gwylliaid creulon. Ym Mwlch yr Oerddrws mae lle o'r enw Llety Lladron. Yma yr arferai'r Gwylliaid guddio wrth ddisgwyl dieithriaid ac yno yr ymosodwyd ar Siencyn. Lladdwyd y Barwn Owen yn Llidiart y Barwn a deil yr enw hwnnw hyd heddiw hefyd.

Oedd wir, roedd ardal Mawddwy yn lle gwyllt a pheryglus iawn ers talwm, ond go brin y gwelwch chi neb pengoch yn y fro wrth deithio heibio mewn car neu fws heddiw – ac fe wyddoch chi pam bellach.

MERCHED BECA

Pentref bach tawel rhwng Llandysilio a Chrymych ydi'r Efail Wen. Mae'n stribed hir o bentref ond y mae'n hawdd iawn pasio trwyddo heb sylwi arno bron. Does dim efail yno hyd yn oed erbyn heddiw.

Os edrychwch yn ofalus wrth fynd drwy'r pentref fodd bynnag, fe welwch fod carreg fawr ar ochr y ffordd. Ar wyneb y garreg mae llun, a llun rhyfedd iawn ydi o hefyd, sef llun o griw o ddynion wedi eu gwisgo fel merched ac yn ymosod ar giât oedd yn sefyll lle mae'r garreg hon erbyn hyn.

Dynion wedi gwisgo fel merched . . . yn ymosod ar giât? 'Pam ar wyneb daear?' fe glywa' i chi'n gofyn. Wel, i wybod pam, mae'n rhaid mynd yn ôl dros gant a hanner o flynyddoedd, pan nad oedd yr Efail Wen a phentrefi ardal y Preseli mor dawel ag ydyn nhw heddiw.

* * *

Roedd Tomos Rees ar ei ffordd i'r odyn galch yn yr Efail Wen – nid bod neb yn ei adnabod felly chwaith. Na, Twm Carnabwth oedd o i bawb, un â'i enw wedi dod oddi wrth enw ei gartref, sef Carnabwth, y tu allan i Fynachlog-ddu ar lethrau'r Preseli. Tyddyn bach oedd Carnabwth ac roedd y tir yn ddigon sâl a bod yn onest. Roedd yn garegog iawn a châi Twm gryn drafferth i gael dau ben llinyn ynghyd.

Dyna pam yr oedd o'n mynd â'i drol a cheffyl i gael llwyth o galch o'r odyn. Os oedd am fedru tyfu unrhyw fath o gnwd ar y tir eleni, byddai'n rhaid rhoi calch arno.

Roedd Twm yn glamp o ddyn mawr cry ac yn dipyn o arwr yn y cylch oherwydd ei fod yn baffiwr heb ei ail. Cyn sicred ag y byddai ffair Crymych yn cael ei chynnal, tyrrai pawb i'r bŵth bocsio gyda'r nos i weld y bechgyn lleol yn ceisio llorio paffiwr fyddai'n herio pawb. Dim ond un dyn fedrai wneud hynny bob blwyddyn – a Twm oedd hwnnw. Roedd yn gryf fel ceffyl ond yn garedig iawn.

'Mas yn gynnar iawn, Twm!'

'Dafydd – sut hwyl, fachgen! Wel, fe wyddost yr hen air – y cyntaf i'r felin gaiff falu – wel, y cyntaf i'r odyn gaiff galch ydi hi yn fy achos i.'

'Dechrau paratoi'r tir wyt ti?'

'Ie, mae rhywbeth i'w wneud o hyd ar dir mor sâl ag sydd yng Ngharnabwth acw – ond dyna fe, mae'n fy nghynnal i a'r teulu. Ond lle'r ei di mor gynnar?'

'O, rydw i'n mynd at Rhys y gof yn yr Efail. Mi es i â phladur yno i'w thrwsio yr wythnos diwethaf ac fe ddylai fod yn barod erbyn heddiw.'

'Wel, dere lan ata' i yma ac fe gei arbed rhywfaint ar dy draed.'

'Diolch, Twm.'

Ac i ffwrdd â'r cawr a'i gyfaill i gyfeiriad y ffordd fawr a arweiniai at yr Efail Wen.

Cyn hir daethant at dŷ bychan ar ochr y ffordd gyda giât i atal pobl rhag mynd heibio heb dalu. Pan welodd Twm y giât, dechreuodd chwyrnu'n fygythiol o dan ei lais.

'Thomas Bullin a'i dollbyrth felltith! Mae'r rhain yn bla yma yn y gorllewin!'

'Ydyn, rydw i'n gwybod, Twm.'

'Wyddost ti fod degau ohonyn nhw rhwng Aberteifi a Chaerfyrddin?'

'Does dim rhyfedd fod Bullin yn gwneud ei ffortiwn. Does dim posib mynd i mewn nac allan o Aberteifi i unrhyw gyfeiriad heb dalu toll.'

'Ie, meddylia mewn difri calon, fe fydd yn rhaid i ni dalu'n awr am fynd drwy'r iet yma i fynd at yr odyn – a thalu eto ar y ffordd yn ôl.'

'Sobor o beth, yn tydi.'

'Sobor wir! Mae'n anfaddeuol! Fe gostith hi fwy i mi fynd heibio i'r dollborth na fydda i'n ei dalu am y calch. Does dim rhyfedd ein bod ni'n dlawd.'

'Ie, a thlawd fyddan ni hefyd.'

'A'r hyn sy'n fy nghorddi fwyaf ydi'r cnafon dauwynebog sy'n gweithio i Bullin. Maen nhw'n hel ein harian prin ni i'w wneud o'n gyfoethocach. Y taclau!'

'Ie, ac maen nhw'n dweud bod llawer o'r arian yn mynd i'w pocedi hwythau hefyd. Mae'r tollbyrth yma'n hollol annheg.'

Ar hynny dyma ddyn bach blin yr olwg allan o'r tollborth ar ôl gweld Twm yn dynesu.

'Grôt!'

'Beth?'

'Grôt! Pedair ceiniog! Twp ynte byddar wyt ti? Mae'n dweud yn y fan hyn faint ydy'r tâl.'

'Rydw i'n deall yn iawn, gyfaill ond rwyt ti wedi anghofio rhywbeth go bwysig, do ddim?'

'Y?'

'Dyna fo eto.'

'Y?'

'Wsti beth, Dafydd, does gan y taclau yma sy'n gweithio yn y tollbyrth ddim syniad sut i ymddwyn gyda phobl barchus.'

'Gair arall o'th ben di, Tomos Rees ac fe fydda i'n codi dwbl arnat ti – ac ar y ffordd yn ôl hefyd.'

Gwnaethai Ned Owen, ceidwad y tollborth, gamgymeriad mawr. Neidiodd Twm oddi ar y drol cyn i Dafydd gael cyfle i'w atal. Gwelodd Owen ei fod mewn peryg a cheisiodd sgrialu am y tŷ, ond yn rhy hwyr. Teimlodd law anferth Twm yn gafael yn ei sgrepan a'r llall yn cydio yn nhin ei drowsus, gan ei godi i'r awyr fel sach o datws.

'Codi dwbl arna i wnei di, y rhacsyn? Gawn ni weld am hynny.'

'Twm! Rho fe i lawr nawr cyn i ti wneud niwed iddo, bendith y tad i ti.'

'Niweidio hwn?' meddai Twm. 'Wnawn i ddim brifo pry.' Ac i ddangos hynny, ysgydwodd geidwad y tollborth yn gyfeillgar nes bod ei ddannedd yn clecian yn ei ben! Yr un pryd disgynnodd arian o'i bocedi.

Pan welodd Twm yr arian, gollyngodd Ned Owen yn swp ar y llawr a thaflodd bedair ceiniog i'r llaid at yr arian a oedd yno eisoes.

'Hwda! Yn y gwter yn crafangu am arian mae dy le di

a'th debyg a deall di hyn, fe fydda i'n dod yn ôl o'r odyn tua amser cinio. Fe fydda i'n disgwyl "os gwelwch yn dda" a "diolch" yr adeg honno, neu fe gei wers arall gen i – un na wnei ei hanghofio ar frys!'

Roedd gwên fawr ar wyneb Twm – a Dafydd hefyd o ran hynny – wrth weld Ned Owen, a oedd yn un cegog tu hwnt fel arfer, yn mynd at y tŷ â'i gynffon rhwng ei goesau.

'Wyddost ti beth, Dafydd? Er mor brin ydi fy arian i, roedd hi'n werth grôt i weld gwep hwnna'n awr.'

'Efallai'n wir, Twm – ond cymer bwyll. Cofia mai gweithio i Bullin y mae ef a'i debyg ac mae ganddo fe gyfeillion peryglus.'

'Mae'n hen bryd dangos i'r giwed yna na fedran nhw gael eu ffordd eu hunain drwy'r amser chwaith. Mae'n rhaid gwneud rhywbeth am y tollbyrth a hynny ar frys.'

'Taw wir, Twm neu yng ngharchar Caerfyrddin fyddi di ar dy ben wrth siarad fel yna.'

* * *

Mynd o ddrwg i waeth wnaeth pethau fodd bynnag. Roedd Thomas Bullin yn gweld cyfle i wneud mwy a mwy o arian gyda'r tollbyrth a chyn hir doedd dim posib mynd i unman bron heb orfod talu – a thalu'n ddrud.

Roedd pobl y Preseli wedi cyrraedd pen eu tennyn gan eu bod yn gorfod talu'n gyson, er nad oedd dimai'n cael ei gwario ar wella'r ffyrdd. Un noson daeth criw ohonynt ynghyd mewn tŷ gwair ym Mynachlog-ddu. Twm oedd wedi eu gwahodd yno'n gyfrinachol ac roedd y lle yn orlawn. Cododd ar ei draed i siarad gyda'r dyrfa.

'Gyfeillion, diolch i chi am ddod i'r cyfarfod hwn. Fe wyddoch i gyd pam y cawsoch wahoddiad: mae'n rhaid gwneud rhywbeth am Thomas Bullin a'i dollbyrth.'

'Clywch! Clywch!'

'Rydw i wedi sgrifennu ato sawl tro i gwyno am ei brisiau ond mae'n gwrthod gwneud dim i wella'r sefyllfa. Yn wir, yr hyn mae'r cnaf drwg yn ei wneud yw codi mwy o dollbyrth.'

'Ie, a does neb i'n helpu ni. Os peidiwn ni â thalu, fe fydd yn galw'r heddlu.'

'Ydi gyfeillion, mae'n beth ofnadwy ein bod yn methu fforddio mynd ar hyd ffyrdd ein bro. Fe wn i am bobl sydd yn methu mynd i'r farchnad bellach oherwydd bod pris y tollbyrth mor uchel a bod cymaint ohonyn nhw.'

'Rydw i'n un o'r rheini,' meddai llais o'r cefn. 'Fe fyddai'n costio mwy i mi fynd i'r farchnad na fyddwn i'n ei ennill yno wrth werthu fy wyau a menyn, ond heb fynd yno i werthu, fydd gen i ddim arian byth. Wn i ddim beth i'w wneud.'

'Mae'n amlwg nad oes ond un peth y medrwn ni ei wneud,' meddai Twm. 'Mae'n rhaid ni gael gwared â'r tollbyrth unwaith ac am byth.'

'Ond sut?'

'Rydan ni wedi ceisio gwneud trwy deg ond does dim yn tycio. Fe fydd yn rhaid i ni "berswadio'r" taclau sy'n cadw'r tollbyrth nad oes croeso iddyn nhw yn y Preseli – nac yn unrhyw fan arall yng Nghymru chwaith o ran hynny.'

'Beth wyt ti'n ei awgrymu, Twm?'

'Pa geidwad tollborth ydi'r gwaethaf yn yr ardal yma?'

74

'Mae hynny'n amlwg i bawb – Ned Owen yn yr Efail Wen. Mae'n cribinio pob ceiniog i bwrs Bullin ac i'w bocedi ei hun.'

Cytunodd sawl un fod hyn yn wir pob gair.

'Reit, tollborth yr Efail Wen amdani 'te,' meddai Twm. 'Mae'n rhaid dysgu gwers i Ned Owen a Thomas Bullin. Fe chwalwn ni'r dollborth i ddangos i'r gweddill mai dyna fydd yn eu disgwyl hwythau os na fyddan nhw'n cau ohonynt eu hunain.

'Ond Twm, fe fydd pob un ohonon ni yn y carchar am wneud y fath beth. Fe fyddai'n teuluoedd mewn mwy o bicil wedyn.'

'Rydw i wedi meddwl am hynny hefyd. Rhag ofn i rywun ein hadnabod, fe wisgwn ddillad merched a rhoi parddu ar ein hwynebau.'

'Nefoedd, fe fyddwn ni'n bethau tlws!' meddai'r llais o'r cefn eto.

'Yn union. Fydd gan neb y syniad lleiaf pwy ydyn ni.'

'Mae hynny'n iawn i ni Twm – fe alla' i fenthyca dillad Leusa'r wraig acw. Ond beth amdanat ti? Lle cei di ddillad i ffitio? Prin y gwnaiff dillad dy wraig di fynd dros dy ben di hyd yn oed!'

Dechreuodd pawb chwerthin wrth feddwl am hyn ac yna daeth y llais direidus o'r cefn unwaith eto.

'Does dim ond un peth amdani, Twm. Fe fydd yn rhaid i ti wisgo dillad Mam. Fe fydd yn anodd hyd yn oed i ti lenwi ei dillad hi!'

Daeth mwy o chwerthin wrth feddwl am Twm y paffiwr ffair yn gwisgo dillad Rebeca Tŷ Hir a oedd yn enwog drwy'r Preseli am ei maint. Byddai ei dillad yn ddelfrydol i Twm.

'Dyna ei setlo hi 'te,' meddai'r cawr. 'Fe wnawn ni

alw'n hunain yn Ferched Beca ac wedyn fydd gan Bullin a'r plismyn ddim syniad pwy ydan ni.'

'Mae hwnna'n syniad arbennig o dda mewn gwirionedd,' meddai Rolant Siôn. Roedd yn hyddysg iawn yn ei Feibl a dangosodd hynny'n awr.

'Yn Llyfr Genesis mae yna sôn am ferch o'r enw Rebeca. Roedd hi'n ddel iawn, yn union fel y bydd Twm gyda'i wyneb wedi ei bardduo a'i ddillad merch mae'n siŵr! Gwraig Isaac, mab Abraham oedd hi ac mae un adnod yn addas iawn i'n disgrifio ninnau, "Ferched Beca".'

'Beth felly?' meddai Twm.

'Mae'r adnod yn dweud y bydd plant Rebeca yn "fil fyrddiwn" ac fe fydd llawer ohonom ninnau. Yn bwysicach byth mae'r adnod yn dweud y byddan nhw'n etifeddu "porth eu caseion". Mae'r geiriau yna yn ein disgrifio ni yn berffaith, oherwydd ceisio cipio tollbyrth ein gelynion yr ydym ninnau.'

'Wel, wel, pwy fyddai'n meddwl,' meddai Twm. 'Reit 'te, bois, ydi pawb yn gytûn mai Merched Beca yw'r unig ateb bellach?'

'Ydym! Ydym!' oedd ateb pawb wrth gwrs.

'Iawn, os felly mae'n rhaid gweithredu a gorau po gyntaf. Ewch adref yn awr a pheidiwch â sôn gair wrth yr un enaid byw. Fe gwrddwn ni eto am chwech o'r gloch wythnos i heno wrth yr efail yn yr Efail Wen a chofiwch ddod ag offer addas gyda chi. Fe'ch gwelaf chi wythnos i heno felly, "Ferched"!'

* * *

Yn ystod yr wythnos honno ym mis Mai 1839, diflannodd sawl pais a boned, sgert a siôl wrth i'r criw wneud eu paratoadau. Gwyddai sawl gwraig am yr hyn oedd yn digwydd, tra bod eraill yn fwy na bodlon mentro herio holl blismyn y wlad ond yn ofni sôn gair wrth eu gwragedd!

Un y bu'n rhaid dweud y gyfrinach wrthi, wrth gwrs, oedd Rebeca Tŷ Hir. Roedd hi'n fwy na bodlon benthyca'r dillad i Twm gan ei bod hithau, fel pawb arall, wedi cael llond bol ar y tollbyrth. Rhoddodd un rhybudd i Twm fodd bynnag.

'Gwae di os ddoi di â'r dillad yn ôl i'r fan yma wedi'u rhwygo. Fydd dy fywyd di ddim gwerth ei fyw ac fe fydd hi'n edifar gen ti na wnaeth y plismyn mo dy ddal di.'

'Iawn, Rebeca, fe gymera' i ofal mawr ohonyn nhw. Diolch i ti.'

'Pob hwyl i ti a'r "Merched", Twm bach. Fe fydd yr ardal i gyd, a Chymru hefyd o ran hynny, yn diolch i chi am fentro fel hyn.'

Ie, dim ond Rebeca Tŷ Hir fyddai'n medru galw Twm Carnabwth yn fach!

* * *

Gyda'r nos ar Fai y 13eg, 1839, gwelwyd criw rhyfedd ar y naw yn ymgynnull yn yr Efail Wen. O bob cyfeiriad gwelwyd "Merched" du eu hwynebau ac ofnadwy eu golwg yn cyrraedd. Roedd rhai yn cerdded, eraill ar gefn ceffylau. Yn un llaw roedd gan bawb ffagl dân ac yn y llall fwyell neu lif, pladur neu ordd. Criw yn gwybod eu bod yn herio'r gyfraith oedd y rhain, ond yn benderfynol o wneud hynny am fod y gyfraith honno yn annheg. Ond er mor ddifrifol oedd y gwaith, roedd llawer o dynnu coes hefyd.

'Dafydd bachan, wnes i mo'th adnabod di. Rwyt ti'n grand o dy go.'

'Y . . . diolch.'

'Dwi'n synnu bod Mali wedi gadael i ti wisgo ei dillad gorau hi i ddod heno.'

'Taw, wir. Dyw hi ddim yn gwybod ac rydw i'n swp sâl rhag ofn iddi glywed rywsut.'

'O-ho! Felly mae ei deall hi! Cymer di ofal 'ngwas i, petaet ti'n maeddu neu rwygo'r ffrog yna, fe fyddai dy groen di ar y pared!'

Yna gwelwyd 'Rebeca' ei hun yn marchogaeth ceffyl brith hardd. Twm oedd hwn wrth gwrs, er ei bod yn amhosib dweud hynny o edrych arno. Roedd wedi cael gwisg a siôl liwgar gan Beca Tŷ Hir ac am ei ganol roedd gwregys o sidan coch. Y peth rhyfeddaf o'r cwbl oedd yr het a wisgai am ei ben, sef het-mynd-i'r-capel Beca, gyda chlamp o bluen paun yn dod o'r corun!

'Reit Ferched, ydi pawb yma?'

'Ydyn!' meddai'r dorf fel un.

'Os felly, mae gennym ni waith pwysig i'w wneud. Heno, fel hen arwyr y Cymry – Arthur, Llywelyn a Glyndŵr – rydym ni'n mynd i godi yn erbyn gelyn sy'n bygwth ein pobl. Mae'r tollbyrth hyn sy'n codi fel madarch yn ein bro yn creu tlodi a newyn ymysg y bobl. Does ond un ateb amdani bellach ac fe wyddoch i gyd beth yw hwnnw.'

'Eu chwalu nhw!' bloeddiodd Dafydd.

'Yn union, ac rydym ni'n mynd i wneud hynny, gan ddechrau gyda'r gwaethaf o'r cwbl, sef y tollborth sydd yma yn yr Efail Wen. Rydw i wedi clywed mwy o gŵynion yn erbyn Ned Owen, ceidwad y tollborth yma,

na'r un arall, felly at waith!'

Gyda 'Beca' ar y blaen, dechreuodd y 'Merched' gerdded tuag at y tollborth. Roedd yn olygfa fythgofiadwy. Llenwai'r dorf y ffordd o glawdd i glawdd a disgleiriai sawl llafn llif a phen bwyell yng ngolau haul y gyda'r nos honno ym Mai. Roedd y sŵn yn drawiadol iawn hefyd wrth i'r pedolau dan gannoedd o glocsiau daro cerrig y ffordd.

Yn y tollborth, roedd Ned Owen wrthi'n brysur yn cyfri arian ac yn rhoi'r manylion mewn llyfr cownt. Tynnwyd ei sylw oddi wrth yr arian a'r symiau gan sŵn y dorf yn nesáu. Ar y dechrau, ni wyddai beth oedd yn digwydd. Wrth glywed y sŵn tybiodd mai un o'r porthmyn lleol oedd yn gyrru gyrr o wartheg am Loegr, gan obeithio gallu sleifio heibio gyda'r nos heb dalu. Cododd o'i gadair ar frys. Roedd arian i'w gasglu yma ac fe ddangosai i'r cnaf nad oedd modd ei dwyllo ef drwy geisio mynd heibio heb iddo sylwi. Chafodd o mo'r enw 'Hen Gadno' am ddim byd.

Pan agorodd y drws i weld beth oedd yn digwydd, bu ond y dim iddo gael ffit. Gwelai lu o ferched mawr cryfion – ambell un â barf hyd yn oed! – yn cario arfau peryglus yr olwg a phob un ag wyneb du fel glo. Prin y medrai gael ei wynt, roedd wedi dychryn cymaint. Roedd yr olygfa a welai ar y ffordd o'i flaen fel yr hunllef waethaf a gawsai erioed ond doedd dim posib deffro o'r hunllef hon.

Daeth Twm i lawr oddi ar ei geffyl a bellach roedd 'Beca' fel hen wraig ddall yn cerdded ar hyd y ffordd a'i 'Merched' yn ei thywys.

'Ffordd hyn, Mam.'

'Diolch, fy Merched. Sobor o beth yw bod yn hen ac

yn ddall, wyddoch chi.'

Cerddai â'i ddwylo o'i flaen, gan esgus ei fod yn methu gweld.

'Gwyliwch chi rhag ofn i mi fynd yn erbyn rhywbeth, fy mhlant.'

'Fe wnawn ni, Mam!'

'Ond beth yw hwn sydd ar draws y ffordd, Ferched? Mae rhywbeth yn fy atal rhag mynd yn fy mlaen. Beth sydd yna?'

'Iet sydd yna, Mam.'

'Iet? Pam mae iet ar draws y ffordd, Ferched?'

'Wyddon ni ddim, Mam fach.'

'Ond mae'n fy rhwystro rhag mynd yn fy mlaen. Oes gan bobl hawl i roi iet ar draws y ffordd ac atal hen wragedd diniwed rhag mynd i'r farchnad?'

'Nag oes, wrth gwrs, Mam.'

'Ond pam maen nhw'n gwneud hynny 'te, Ferched?'

'Er mwyn codi tâl arnoch chi am gerdded ar hyd y ffordd, Mam.'

'Beth? Ond does gen i ddim arian. Hen wraig fach dlawd ydw i.' Roedd hyn yn swnio'n rhyfedd iawn wrth i Twm, y cawr o baffiwr, siarad mewn llais bach main ac actio hen wraig! Nid ei fod yn ddigri o gwbl i Ned Owen a grynai fel deilen wrth weld y ddrama fach hon.

'Beth alla' i wneud, fy Merched? Fedra' i ddim talu.'

'Fe chwalwn ni'r iet, Mam.'

'Syniad da, fy Merched! Gwnewch hynny ar unwaith.' A doedd dim angen dweud ddwywaith! O fewn eiliadau roedd y giât yn gyrbibion mân.

Yna, er mawr ddychryn i Ned Owen, gwelodd yr 'hen wraig' yn troi at y tŷ a churo'n drwm ar ei ddrws.

'Oes yna rywun gartref?'

'Oes, Mam.'

'Ond pam nad oes neb yn ateb?'

'Efallai nad ydi e'n clywed. Gadewch i mi drio.' Ac fe aeth Dafydd ymlaen i guro ar y drws – gyda gordd! Chwalodd y drws yn rhacs jibidêrs.

'Edrychwch, Mam, roedd rhywun yn y tŷ drwy'r amser!'

Llusgwyd Ned Owen allan i wynebu Beca. Wrth gwrs, oherwydd y dillad rhyfedd a'r parddu doedd ganddo ddim syniad pwy oedd o'i flaen, er ei fod yn adnabod Twm a'r criw yn iawn!

'Chi sy'n gyfrifol am atal hen wragedd diniwed fel fi rhag cerdded ar hyd y ffordd?'

'W . . . W . . . Wel . . . hynny ydi . . . ' Prin y medrai Ned Owen sefyll, heb sôn am ateb.

'Mae e wedi colli ei dafod, Mam!'

'Wel, wel – dyna beth rhyfedd, Ferched. Hwn yw'r un sydd wastad yn blagardio pobol y Preseli. Edrychwch arno'n awr! Beth ydych chi'n awgrymu wnawn ni gydag e, Ferched?'

''Dyw hen fwli fel hyn sy'n pigo ar bobol dlawd a hen wragedd ddim ffit i gael byw gyda phobol barchus fel ni.'

'Mae hynny'n wir, Ferched. Beth ydych chi'n awgrymu felly?'

'Ei gicio fe mas, Mam!'

A dyna'n union a wnaeth Twm. Rhoddodd andros o gic dan din Ned Owen nes ei fod yn codi droedfeddi i'r awyr. Diflannodd i lawr y ffordd o'r Efail Wen fel petai'r Diafol ar ei warthaf. Y noson honno mae'n siŵr ei fod o'n credu hynny hefyd, wrth weld mwg a fflamau y tu ôl iddo. Roedd Merched Beca wedi gorffen gwaith y noson drwy losgi'r tollborth yn ulw.

* * *

Bu llawer o holi a stilio gan yr awdurdodau yn y fro ar ôl yr ymosodiad ar dollborth yr Efail Wen. Anfonwyd ugeiniau o blismyn draw i geisio canfod pwy wnaeth y fath beth. Wrth gwrs, er bod pawb yn gwybod, ddywedodd neb yr un gair.

Yn wir, dim ond dechrau gwaith Merched Beca oedd hyn. Cyn bo hir roedd Beca i'w gweld ger sawl tollborth a doedd gan yr awdurdodau ddim syniad pwy oedd wrthi. Yn aml iawn, roedd golwg wedi blino'n arw ar Twm Carnabwth, fel petai'n methu cysgu'r nos, a lliw tywyll ar groen ei wyneb fel petai'n gweithio i ddyn glo a heb ymolchi'n iawn ond er hyn, ni wnaeth neb erioed ei amau.

Fe gafodd Merched Beca'r maen i'r wal yn y diwedd. Gwelodd y llywodraeth ei bod hi'n hollol annheg codi ar bobl gyffredin am ddefnyddio'r ffordd. Diolch i 'Beca' a'i 'Merched' felly, fe fedrwn ni fynd ar hyd y ffordd am ddim.

Fel y dywedais ar y dechrau, pentref bach tawel iawn ydi'r Efail Wen heddiw. Eto, mae ambell beth yno i'n hatgoffa o'r dyddiau pan oedd Beca a'i Merched yn carlamu'n wyllt i lawr o niwl y Preseli. Mae'r garreg â llun Beca arni yno wrth gwrs. Fe gawson nhw hyd i weddillion tŷ Ned Owen wrth dyllu twll ar gyfer y garreg ac yn yr ysgol – Ysgol Beca gyda llaw – mae cleddyf un o'r plismyn a yrrwyd i'r fro i chwilio'n ofer am Beca a'i Merched.

MARCH A'I GLUSTIAU

Ers talwm, roedd llun enwog i'w weld ar bared sawl tŷ yng Nghymru, sef map o Gymru ar ffurf hen wraig o'r enw 'Modryb Gwen'. Welsoch chi un erioed? Mae'r arlunydd wedi bod yn glyfar iawn i droi siâp ein gwlad yn hen wraig mewn gwisg Gymreig. Os edrychwch chi'n fanwl, fe welwch fod ei thraed hi yn sir Benfro, ei phen hi yn sir Fôn a'r fraich mae hi'n ymestyn allan i'r môr ydi Pen Llŷn.

Lle braf iawn ydi 'Gwlad Llŷn', fel y mae rhai yn galw'r ardal. Dyma un o ardaloedd Cymreiciaf Cymru ac mae yma lawer lle hardd i'w weld a hanesion difyr i'w clywed. Ar flaen bysedd 'Modryb Gwen' mae Ynys Enlli, yr ynys lle claddwyd ugain mil o seintiau. Gyferbyn, ar y tir mawr, mae Aberdaron, lle magwyd Dic Aberdaron, y trempyn enwog a fedrai siarad o leiaf bymtheg o ieithoedd. Mewn cwm serth wrth droed yr

Eifl mae Nant Gwrtheyrn, sy'n llawn chwedlau – a phobl sy'n dysgu Cymraeg erbyn hyn. Ar gopa'r Eifl uwchben mae un o bentrefi hynaf Cymru, sef Tre'r Ceiri lle gallwch chi weld olion tai sydd o bosib tua dwy fil o flynyddoedd oed.

Gan fod yma fôr a mynydd, mae Pen Llŷn yn lle difyr iawn i grwydro ac efallai y cewch chi gyfle i wneud hynny rywbryd. Pentref y mae llawer yn hoffi ymweld ag ef ydi Aber-soch ac ar y ffordd yno efallai y sylwch chi ar dŷ mawr hardd o'r enw Castell-march.

Mae'r enw yn ddiddorol, tydi? Ond nid castell sydd yno rŵan, a phwy oedd March oedd biau'r castell p'run bynnag? Mae yna stori ddifyr y tu ôl i hyn i gyd. Hoffech chi ei chlywed hi? Dyma hi 'te . . .

* * *

Fel y clywsom ni mewn stori arall, daeth Arthur yn frenin ar ôl tynnu cleddyf o garreg wedi i bawb arall fethu. Wel, fe ddaeth Arthur yn frenin arbennig o gryf, gan drechu pob gelyn, yn gewri, gwrachod a brenhinoedd eraill. Llwyddodd i wneud hyn gyda chymorth marchogion y Ford Gron, sef ei ddilynwyr ffyddlonaf, a eisteddai wrth y bwrdd crwn enwog yn ei lys.

Ymhlith y marchogion roedd dynion a fedrai wneud pob math o gampau ac fe gawson nhw sawl antur. Yn eu plith roedd Sgilti Sgafndroed a oedd mor ysgafn nes ei fod yn medru cerdded dros wair heb blygu'r un gweiryn. Un arall oedd Gwrhyr Gwalstawd Ieithoedd a fedrai siarad pob iaith, gan gynnwys iaith yr anifeiliaid. Camp Clust fab Clustfeiniad oedd clywed morgrugyn yn symud hanner can milltir i ffwrdd – hyd yn oed petai o wedi cael ei gladdu ugain troedfedd a mwy o dan y ddaear!

Un arall o farchogion y Ford Gron oedd March Amheirchion a oedd yn byw mewn castell a enwyd Castell-march ar ei ôl. Safai hwnnw wrth ymyl y tŷ sydd o'r un enw heddiw, ond does dim hanes o'r castell bellach.

Fel y clywsom ni rŵan, roedd llawer o farchogion Arthur yn ddynion arbennig iawn a doedd March ddim yn eithriad. Gair arall am geffyl ydi 'march' – ac yn wir, roedd gan March glustiau hir, blewog fel rhai ceffyl.

Roedd March yn casáu ei glustiau. Tyfai ei wallt cringoch yn hir i'w cuddio a gwisgai gap mor aml â phosib. Bob hyn a hyn, fodd bynnag, byddai'n rhaid iddo dorri ei wallt a'r sawl fyddai'n gwneud hynny fyddai'r gwas ieuengaf yn y castell. Yn rhyfedd iawn, byddai pob gwas yn diflannu ar ôl cyflawni'r dasg yma ac roedd y castell yn llawn sibrydion.

'Islwyn, tyrd yma,' meddai'r pen-cogydd wrtho un diwrnod.

'Ie, Derfel, beth alla' i ei wneud i chi?'

'Chdi ydi'r nesaf, ynte?'

'Mae'n ddrwg gen i?'

'Chdi ydi'r nesaf i dorri gwallt March. Chdi ydi'r gwas bach ac felly chdi fydd yn torri ei wallt.'

'Ond wn i ddim sut mae torri gwallt.'

'O, fydd dim disgwyl i ti wneud gwaith rhy dwt ohono. Dim ond unwaith yn y pedwar amser mae March yn cael torri ei wallt.'

'Greda' i! Mae ei wallt yn hir iawn ac at ei ysgwyddau bron,' meddai Islwyn.

'Wel, cymer air o gyngor gen i, was,' meddai'r pen-cogydd caredig. 'Dos oddi yma i chwilio am waith, achos mynd oddi yma fyddi di p'run bynnag.'

'Ond dydw i ddim eisiau gadael. Rydw i'n berffaith hapus yma ac efallai rhyw ddydd y caf fod yn ben-cogydd fel chi, Derfel.'

'Mae arna i ofn na wnaiff hynny ddigwydd, Islwyn bach.'

'Pam felly?' meddai Islwyn, a'i lais yn llawn tristwch.

'Edrych o gwmpas y castell yma. Weli di rywun yma ddechreuodd fel gwas bach i March?'

'Ym . . . dydw i erioed wedi meddwl am y peth.'

'Wel, meddwl rŵan. Mae'n bwysig.'

'Beth am Iestyn?'

'Dod yma o lys Bron-y-foel wnaeth o.'

'Beth am Cadwgan 'te? Mae o yma ers blynyddoedd.'

'Ydi, ond wnaeth o ddim cychwyn fel gwas bach.'

'Nefydd ynte – beth amdano fo?'

'Naddo, wnaeth yntau ddim cychwyn yma chwaith. Dod yma o Gastell Odo'r Cawr wnaeth o, a chyn i ti enwi neb arall, paid â gwastraffu dy anadl oherwydd fedri di ddim enwi yr un gwas bach sydd wedi aros yma ar ôl torri gwallt March. Ar y llaw arall, mi fedra' i enwi digon o rai fu yma am rai misoedd nes torri ei wallt – Arwel, Eurof, Cadfan, Maredydd a sawl un arall . . . '

'Ond beth ddigwyddodd iddyn nhw?'

'Dyna'r peth, Islwyn bach – ŵyr neb. Felly cymer rybudd a gadael tra medri di . . . '

Ar hynny, pwy ddaeth i'r gegin ond March ei hun a chaeodd Derfel ei geg yn glep. Rhywsut neu'i gilydd, synhwyrai Islwyn fod y cogydd caredig yn ofni ei feistr ond ni wyddai pam. Ar ei waethaf, ni allai ond edrych ar wallt hir March a meddwl beth tybed fyddai'n digwydd iddo ar ôl ei dorri.

Dros y dyddiau nesaf dim ond un cwestiwn oedd gan Islwyn i bawb, sef 'Beth ddigwyddodd i Arwel, Eurof, Cadfan, Maredydd a'r lleill?' Chafodd o ddim ateb a'i boddhâi gan neb. Yn ôl rhai, roedd y bechgyn wedi dianc i ffwrdd i wneud eu ffortiwn; yn ôl eraill, doedden nhw ddim yn hoffi'r gwaith ac i eraill, wedi cael dyrchafiad mewn llys arall yr oedden nhw. I'r rhan fwyaf, fodd bynnag, roedd yr hogiau wedi diflannu fel petai'r ddaear wedi eu llyncu.

Er ei holi dyfal, nid oedd gan neb wybodaeth bendant i Islwyn, a dyna'n union yr oedd yn rhaid iddo'i gael, oherwydd roedd March wedi dweud ei fod eisiau cael torri ei wallt cyn diwedd yr wythnos gan fod gwledd i'w chynnal yn y llys. Beth oedd o i'w wneud felly – aros a gweld beth ddigwyddai, neu ffoi o Lŷn am byth? Roedd mewn cyfyng-gyngor. A oedd mewn perygl mawr ynteu ar fin cael cyfle mwyaf ei fywyd?

* * *

Roedd y wledd i'w chynnal nos Sadwrn yn neuadd fawr y castell pan fyddai ffrindiau a theulu March o bob rhan o Lŷn yn dod yno. O ganlyniad, roedd yn awyddus iawn i fod yn dwt ar eu cyfer ac felly roedd wedi gorchymyn i Islwyn dorri ei wallt fore Sadwrn.

Gan ei bod yn wledd mor bwysig, gwahoddwyd cerddorion draw i ddiddanu'r criw ac roeddent wedi dechrau cyrraedd erbyn nos Wener gyda'u pibau, telynau a chrythau. Yn eu plith roedd pibydd a golwg drist iawn arno. Daeth i'r gegin at Derfel ac Islwyn a oedd wrthi'n brysur yn paratoi bwyd, gan sgwrsio yr un pryd.

'Wel, Islwyn bach, rwyt ti'n dal yma felly.'

'Ydw, mistar, ac yma y bydda i, am wn i.'

'Wyt ti'n siŵr o hynny? Wedi'r cwbl, rwyt ti'n torri gwallt March bore fory.'

Ar hynny, ymunodd y dieithryn yn eu sgwrs.

'Esgusodwch fi, gyfeillion. Rydw i'n gweld eich bod yn brysur . . . Merfyn y Pibydd ydw i ac yn anffodus, mae fy mhib wedi torri ar y daith yma. Fe eisteddais arni wrth gael cinio ac fel y gwelwch chi, 'wy'n fachan eitha mowr! Oes hesg yn tyfu'n agos yma'n rhywle i wneud pib arall at fory, gwetwch?'

'Wel oes, erbyn i chi ofyn,' meddai Derfel. 'Ffordd ddaethoch chi yma?'

'O gyfeiriad Pwllheli.'

'Ewch allan o'r castell a mynd yn ôl tua chwarter milltir i gyfeiriad Pwllheli. Mi ddowch at dwyni tywod ac mae cors lle mae hesg yn tyfu yn fan'no.'

'I'r dim. Diolch . . . y . . . '

'Derfel.'

'O ie, diolch Derfel.'

Aeth y pibydd i ffwrdd yn fân ac yn fuan i gyfeiriad y gors, gan adael Derfel ac Islwyn i barhau â'u paratoadau ar gyfer y wledd.

Chafon nhw fawr o lonydd chwaith, cyn bod y pibydd yn rhuthro i'r gegin, ei wynt yn ei ddwrn ac yn adrodd hanes rhyfedd iawn a oedd wedi digwydd iddo yn y gors.

'Fe ges i hyd i'r gors yn union fel yr oeddech chi wedi dweud, Derfel, ac fe es i ati i dorri corsen dew i wneud pib newydd. Gan ei bod yn gorsen mor dda, fues i ddim

91

gwerth nad oedd yn barod, ond wyddoch chi beth?'

'Beth?' meddai Derfel ac Islwyn gyda'i gilydd.

'Fedrwn i ddim cael yr un nodyn o'r bib! Yr unig beth a ddeuai ohoni oedd llais yn canu "CLUSTIAU CEFFYL SYDD GAN MARCH! CLUSTIAU CEFFYL SYDD GAN MARCH!" drosodd a throsodd.'

Edrychodd Derfel ar Islwyn ond ni ddywedodd yr un gair, dim ond gadael i Merfyn y pibydd adrodd ei hanes.

'Fe dorrais i gorsen arall rhag ofn mai fy nghlustiau oedd yn chwarae triciau, ond na, yr un peth yn union ddeuai o honno hefyd.'

Ar hynny, rhoddodd ei law yn ei boced ac estyn y bib newydd i'w dangos iddynt. Nid oedd dim arbennig am ei golwg ac edrychai fel unrhyw bib arall.

'Gwrandewch!' meddai Merfyn gan roi'r bib wrth ei wefusau.

'CLUSTIAU CEFFYL SYDD GAN MARCH! CLUSTIAU CEFFYL SYDD GAN MARCH!' meddai llais main o'r bib.

'Dyna'r peth rhyfeddaf a glywais i erioed,' meddai Islwyn.

'A finnau hefyd,' meddai Derfel, 'ac rydw i'n gwybod bellach pam mae March yn tyfu ei wallt yn hir – mae ganddo gywilydd o'i glustiau, ac rydw i'n siŵr fod gan hyn rywbeth i'w wneud efo diflaniad y gweision i gyd. Fe fydd yn ddiddorol gweld beth fydd gan March i'w ddweud fory pan glyw y bib yna.'

'Efallai y cawn ni wybod y gyfrinach fory,' meddai Islwyn.

'Fe gewch chi wybod hynny rŵan!'

Trodd y tri mewn dychryn i weld March yn sefyll y tu ôl iddynt, ei wallt yn un mwng blêr a'i lygaid yn serennu.

'Rwyt ti'n hollol gywir, Derfel. Mae gen i glustiau fel ceffyl a dyna pam rydw i'n cadw fy ngwallt yn llaes. Roedd arna i ofn i bobl chwerthin am fy mhen.'

'Ond sut oedd y bib yn gwybod?' meddai Islwyn.

'Mae hynna'n beth rhyfedd iawn,' meddai March. 'Er mawr gywilydd i mi, dydw i ddim yn torri fy ngwallt yn aml a phan ydw i'n gwneud, mae'r gwas bach sy'n gwneud y gwaith yn diflannu. Ar y dechrau, pan dorrodd y gwas cyntaf fy ngwallt a gweld fy nghlustiau, gorchmynnais i rai o'r milwyr fynd ag ef ymaith. Yn lle hynny, fe'i lladdon nhw fo a'i gladdu yn y gors. Rai misoedd ar ôl hynny fe glywais am y peth ofnadwy wnaethon nhw ac o hynny ymlaen doeddwn i ddim am i unrhyw un o'r gweision gael ei ladd, dim ond gofalu eu bod yn mynd yn ddigon pell i ffwrdd efo llond poced o aur fel na fydden yn gallu dweud fy nghyfrinach wrth neb oedd yn fy adnabod.'

'Ysbryd y gwas sydd i'w glywed yn y bib felly,' meddai Islwyn. 'Ond beth amdana' i? Fi sydd i fod i dorri eich gwallt bore fory. Beth fydd yn digwydd?'

'Fe gei di aros yma, oherwydd rydw i am ddangos fy nghlustiau i bawb fory. I beth mae eisiau i mi fod â chywilydd ohonyn nhw? Fel hyn y ces i fy ngeni ac os oes gen i glustiau fel ceffyl, rydw i hefyd yn gryf fel ceffyl.'

* * *

Ac felly y bu pethau. Fe gafodd Islwyn aros yn y castell a dod yn ben-cogydd ar ôl i Derfel ymddeol. Daeth nerth mawr March yn ddefnyddiol iawn i'r Brenin Arthur mewn sawl antur hefyd, ond stori arall ydi

honno . . . ond o leiaf mae'r stori hon wedi esbonio enw
Castell-march, tydi?

OWAIN GLYNDWR

Un o arwyr mawr Cymru ydi Owain Glyndŵr. Roedd o'n perthyn i linach tywysogion Cymru ac yn byw mewn llys hardd iawn o'r enw Sycharth, a oedd yn enwog am y croeso a geid yno. Roedd y drws ar agor led y pen bob amser ac Owain yn garedig tu hwnt, yn enwedig wrth y beirdd a alwai heibio. Fel hyn y disgrifiodd Iolo Goch, un o'r beirdd, y llys:

> Anfynych iawn fu yno
> Weled na chlicied na chlo . . .
> Na gwall, na newyn, na gwarth,
> Na syched fyth yn Sycharth.

Roedd Owain wrth ei fodd yn byw yma yng nghanol ei bobl a'i lyfrau oherwydd roedd o'n ddyn galluog, wedi bod yn y coleg ac wedi astudio'r gyfraith. Ond doedd o ddim i gael llonydd. Union chwe chan mlynedd yn ôl, yn y flwyddyn 1400, ceisiodd dyn o'r enw Reginald Grey, a oedd yn byw yn Rhuthun, ddwyn peth o dir Glyndŵr. Doedd gan hwnnw ddim parch o gwbl at y Cymry, gan ein galw yn *Welsh doggis*.

Wel, fe gafodd o frathiad reit hegar gan Owain Glyndŵr. Er bod Lloegr wedi trechu Cymru wrth ladd Llywelyn ein Llyw Olaf ac yn trin y bobl yn wael iawn, doedd Owain ddim yn mynd i adael i'r un ohonyn nhw ddwyn ei dir a'r hyn a wnaeth oedd galw ei ddynion at ei gilydd a chwalu castell Grey yn shwrwd.

Aeth yr hanes drwy Gymru fel tân gwyllt a chyn bo hir roedd Owain wedi ei gyhoeddi yn dywysog Cymru a'r bobl yn disgwyl iddo gael Cymru yn wlad rydd unwaith eto. O fewn dim, roedd cestyll y Saeson yng Nghymru yn cael eu llosgi'n ulw a'r Cymry'n rhoi andros o gweir i fyddin o Loegr ar lethrau Pumlumon.

Ar ôl hyn aeth Owain o nerth i nerth. Gadawodd y pladurwyr y caeau a'r myfyrwyr eu llyfrau i ddilyn baner y tywysog. Draig aur ar gefndir gwyn oedd hon – hen arwyddlun y Cymry ers dyddiau'r Brenin Arthur. Fe ddaliwyd Grey a chafodd o mo'i ryddhau nes i'w deulu dalu crocbris amdano. Am gyfnod, Owain oedd yn rheoli Cymru a dechreuodd osod sylfeini gwlad rydd gan sefydlu senedd-dŷ ym Machynlleth.

Yna, ddeuddeng mlynedd ar ôl cychwyn ei wrthryfel, fe ddiflannodd Owain yn llwyr! Ŵyr neb yn iawn beth ddaeth ohono a rhoddodd hynny gychwyn i lawer stori, credwch chi fi. Yn ôl un hanes, fe fu'n byw gyda'i ferch Alis am flynyddoedd, a hynny yn Llangain, swydd Henffordd, yn union o dan drwyn ei elynion!

Fel y gallech chi ddisgwyl efo dyn mor arbennig, mae

stôr o straeon amdano o bob rhan o Gymru . . .

* * *

O'r dechrau un, roedd Owain Glyndŵr yn ddyn arbennig. Y noson y cafodd ei eni gwelwyd comed fawr yn hedfan ar draws yr awyr, nes gwneud i'r geifr gwyllt a gadwai at unigeddau'r mynyddoedd ruthro i lawr i'r caeau a'r pentrefi mewn dychryn. Roedd y gomed mor danllyd, gellid ei gweld yn blaen gefn dydd golau. Clywyd sŵn mawr yn stablau ei dad a phan aed yno i edrych beth oedd yn bod, gwelwyd fod gwaed yn llifo dan y drysau a bod y ceffylau at eu boliau ynddo – arwyddion sicr fod y plentyn oedd newydd ei eni yn mynd i orfod ymladd llawer. Roedden nhw'n iawn wrth gwrs. Gwelwyd clamp o gomed yn goleuo'r awyr am nosweithiau lawer tua chychwyn gwrthryfel Glyndŵr hefyd ac roedd honno'n arwydd i'r Cymry i gyd fod y digwyddiadau a ragwelwyd flynyddoedd ynghynt, adeg geni'r arwr, ar fin digwydd.

* * *

Doedd pawb ddim yn cefnogi Glyndŵr ac roedd o'n gorfod bod yn ofalus iawn rhag i rai o ysbïwyr brenin Lloegr ei ddarganfod – neu'n waeth byth, fradwr o Gymro ei ladd. Weithiau byddai un brawd yn cefnogi Owain ac un arall yn cefnogi'r brenin ac felly'r oedd hi yn achos Ieuan a Robert ap Meredydd yr Eryri. Dyn y brenin oedd Ieuan ond roedd Robert yn dilyn Owain bob cam.

Roedd Owain yn hoff iawn o wisgo dillad cyffredin yn hytrach na dillad crand tywysog. Yn aml iawn, o ganlyniad, doedd pobl ddim yn ei adnabod ac roedd hynny'n gyfleus iawn ar adegau. Cyn mentro i ardal newydd, byddai'n mynd yno mewn gwisg garpiog i weld sut gefnogaeth oedd iddo a dyna'r oedd o wedi ei wneud y tro hwn. Cafodd groeso mawr, yn ddigon naturiol, gan Robert ond clywodd hefyd am elyniaeth Ieuan.

'Ci bach y brenin ydi o, Owain, ac un digon cas hefyd.'

'Sut felly?'

'Mae o wedi llosgi pedwar o fy nhai wrth geisio dy ddal a rŵan, yn ôl pob sôn, mae o ar ei ffordd yma i'r Hafod Garegog.'

'Ydi o'n gwybod fy mod i yma?'

'Wn i ddim. Y sôn ydi ei fod o'n cribinio'r ardal yn chwilio amdanat er mwyn dy roi mewn cadwynau i'r Saeson a chael gwobr fawr am wneud. Mae gen i gywilydd ei fod o'n frawd i mi.'

'Fe wn i hynny, Robert, ond os ydi o wedi llosgi dy dai eraill, dydi o ddim yn mynd i ddod yma hefyd?'

'Mae arna i ofn ei fod o ar ei ffordd rŵan. Fe fydd yn rhaid i ti ffoi ar unwaith. Dos i gyfeiriad Moel Hebog. Efallai y gelli ddianc o'u gafael yng Nghoed Beddgelert.'

'Wn i mo'r ffordd.'

'Mae Rhys Goch Eryri y bardd yma ac mae o'n adnabod pob modfedd o'r ardal, felly dos ar unwaith cyn i'r bradwr brawd yna sydd gen i dy ddal.'

Ffodd y bardd a'r tywysog mewn dillad gweision a dim ond cael a chael oedd hi, oherwydd o fewn hanner milltir carlamodd criw o ddynion mileinig yr olwg heibio iddynt, gan anelu am Hafod Lwyfog. Oherwydd eu gwisg, chymeron nhw fawr o sylw o Owain na Rhys Goch.

'Roedd hynna'n agos, Owain.'

'Oedd wir, ond dydi'r peryg ddim heibio eto. Lle'r awn ni'n awr?'

'Fe af i â thi i'r Ogof Ddu yn Niffwys Meillionen. Fe fyddi di'n ddiogel yn honno am rai dyddiau, fy arglwydd, ac yna fe elli symud ymlaen.'

Disgrifiodd yn fanwl sut i gyrraedd yr ogof a doedd Rhys ond newydd wneud hyn pan glywsant sŵn carlamu gwyllt o'r tu ôl iddynt. Roedd Ieuan ap Meredydd wedi sylweddoli pwy oeddent ac yn dod ar eu holau! Rhuthrodd y ddau am Goed Beddgelert a Chwm Cloch, ond roedd eu herlynwyr yn eu dal a gallent glywed sŵn carnau eu ceffylau yn nesáu bob eiliad.

'Does dim amdani ond gwahanu!' bloeddiodd Owain. 'O wneud hynny, efallai y bydd gobaith i un ohonom ni ddianc o leiaf. Dos di'r ffordd acw, Rhys ac fe af innau am y clogwyn acw.'

'Ond fy arglwydd, Simnai'r Foel ydi nacw a does neb wedi medru ei ddringo erioed.'

'I'r dim, Rhys! Efallai y medra' i a chael fy nhraed yn rhydd. Hwyl i ti a diolch am dy gymorth.'

'Pob llwyddiant i tithau, fy arglwydd, a chymer bwyll, da thi!'

Gwahanodd y ddau a sbardunodd Owain ei geffyl i fyny'r cwm serth, tra dilynodd Rhys Goch lwybr aneglur a anelai dros ysgwydd Moel Hebog i gyfeiriad Cwm Pennant.

'Brysiwch rhag ofn iddyn nhw ddianc. Mae un yn mynd am y graig a'r llall am Gwm Pennant,' bloeddiodd Ieuan ap Meredydd. 'Fe fydd llond pwrs o sofrenni aur i'r un fedr ddod ag Owain Glyndŵr ata' i'n fyw neu'n farw, felly brysiwch!'

Bellach roedd Owain wedi cyrraedd gwaelod y graig a gwelai fod hollt fain yn arwain o'i gwaelod i'r brig, gannoedd o droedfeddi uwch ei ben. Os oedd am ddianc rhag ei elynion, roedd yn rhaid iddo ddringo'r hollt, ond a fedrai o wneud hynny? Bellach doedd dim dewis ond rhoi cynnig arni. Edrychodd i fyny'r hollt ddu a ddiferai gan ddŵr ac yna dechreuodd grafangu i fyny. Diolchodd nad oedd yn ei wisg ryfel neu byddai'r dasg yn amhosib, a sylweddolodd nad oedd fawr o obaith gan filwyr Ieuan o ganlyniad. Yr un pryd, gwelodd fod y rheini wedi rhannu'n ddau griw, gyda rhai yn erlid Rhys Goch ac yn prysur oddiweddyd yr hen ŵr. Roedd yn rhaid gwneud rhywbeth i'w achub.

'Ieuan ap Meredydd!' bloeddiodd, 'yma mae dy dywysog!'

O glywed llais Owain yn atseinio yng nghreigiau'r Foel, trodd pob un o erlynwyr Rhys ar ei sawdl, gan wybod nad ef a roddai lond pwrs o aur yn eu dwylo bradwrus. Erbyn hyn, roedd y tywysog tua chan troedfedd i fyny'r dibyn ac yn dringo'n gyflym a sicr. Dechreuodd un o filwyr Ieuan ddringo i fyny'r hollt ar ôl Owain ond ar ôl mynd i fyny'n araf a gofalus am beth amser, stopiodd yn stond gan fethu mynd i fyny nac i lawr. Fedrai neb ei ddilyn rŵan a llamodd calon Owain wrth wybod y medrai ddianc.

Llusgodd ei hun i ben Simnai'r Foel a rhedeg fel ewig i gyfeiriad Diffwys Meillionen a'r Ogof Ddu. Diolch i ddisgrifiad manwl Rhys Goch, llwyddodd i gyrraedd yr ogof gan wybod ei fod yn ddiogel rhag ei elynion ynddi. O gyrraedd yr ogof ni fedrai hyd yn oed ysbïwyr medrusaf Ieuan ap Meredydd ei ddarganfod.

Yn y cyfamser roedd Rhys Goch Eryri wedi llwyddo i ddianc hefyd ac wedi cyrraedd Cwm Trwsgl, sef rhan uchaf Cwm Pennant. Yno fe welodd Iestyn Llwyd, un o fugeiliad y Cwm, ac adroddodd yr hanes wrtho. Gwrandawodd Iestyn arno'n ofalus cyn ei dywys at ogof sych yn y creigiau lle gallai gysgodi dros nos, gan addo dychwelyd drannoeth gyda bwyd a diod i'r tywysog a'r bardd.

Bu Iestyn cystal â'i air a chyda'r wawr drannoeth, roedd yn ôl gyda thamaid blasus i'r ddau. Medrodd fynd at Rhys yn ddigon di-lol ond cafodd drafferthion mawr i gyrraedd yr Ogof Ddu gan fod ugeiniau o filwyr yn cribinio'r cymoedd a'r llechweddau o gwmpas Moel Hebog yn y gobaith o ddal Owain a hawlio gwobr Ieuan ap Meredydd. Dim ond drwy ddweud bod un o'i ddefaid yn sownd yn nannedd Diffwys Meillionen y cafodd o fynd ar gyfyl y lle. O fewn munudau roedd ar y silff gudd a arweiniai at yr ogof.

'Owain! Wyt ti yna! Iolo Goch ofynnodd i mi ddod yma. Iestyn Llwyd ydw i.'

'Croeso i ti, Iestyn Llwyd, ac rwyt ti wedi dod â thamaid i mi i'w fwyta hefyd. Bendith arnat ti!'

'Mwynha'r pryd, fy arglwydd. Oes yna rywbeth arall wyt ti am i mi ei wneud?'

'Oes llawer o filwyr o gwmpas?'

'Maen nhw ym mhobman, mae arna i ofn. Fe fydd yn rhaid iti aros yma am sbel.'

'Os felly, wnei di un peth arall i mi?'

'Gwnaf, wrth gwrs.'

'Mynd i Fynachlog Beddgelert a dweud fy mod i yma. Mae'r Brodyr Llwydion yn gefnogol iawn i'r achos ac am weld Cymru'n rhydd unwaith eto. Fe ofalan nhw fy mod yn cael bwyd ac ati wedyn.'

Ac felly y bu pethau. Fe fu Owain yn yr ogof am chwe mis cyfan a dynion Ieuan ap Meredydd yn dal i chwilio amdano, ond roedd mynach o Feddgelert yn dod â bwyd a hanesion y fro iddo bob nos ac yn y diwedd, llithrodd Owain o'r ardal un noson dywyll i barhau ei frwydr am ryddid i'w wlad. Wrth gwrs, ar ôl i ddyn mor bwysig fyw ynddi mor hir, newidiwyd enw'r Ogof Ddu i fod yn Ogof Owain Glyndŵr – a dyna'r enw ar lafar gwlad hyd heddiw.

* * *

Ar ôl hyn aeth Owain ymlaen o nerth i nerth a mwy a mwy o'r Cymry yn ei gefnogi. Er hyn, daliai i gael trafferth gyda bradwyr a gefnogai ei elynion a'r pennaf o'r rhain efallai oedd Hywel Sele o Nannau, Meirionnydd. Roedd hwn yn gefnder cyfan i'r arwr ond yn ei gasáu ac yn gefnogol iawn i frenin Lloegr. Perai hyn loes i bennaeth Abaty Cymer ger Dolgellau a oedd yn adnabod Owain a Hywel Sele yn dda ac ysgrifennodd lythyr atynt. Dyma'r un anfonodd yr abad at Owain:

Abaty Cymer
Nos Sul y Pasg

Annwyl gyfaill,

Rwyf yn poeni'n arw am y ffrae sydd wedi codi rhyngot ti a dy gefnder, Hywel Sele. Fel y gwyddost, rwyf yn adnabod y ddau ohonoch yn dda, a hynny ers blynyddoedd lawer. Tybed felly nad oes modd i mi gymodi rhyngoch chi, er mwyn i chi ddod yn ffrindiau?

Beth am i chi gyfarfod yma yn yr Abaty ganol mis nesaf?
Gwerthfawrogwn ateb buan.
Yn gywir iawn,
Emrys ap Cadifor.

Cafodd Hywel Sele lythyr tebyg wrth gwrs.
Cytunodd Owain i gyfarfod ei gefnder ar unwaith –
ond nid felly Hywel. Dyma ei ateb ef:

Nannau
Nos Sadwrn
Annwyl Emrys,
Diolch am y cynnig i ddod acw i'r Abaty i gyfarfod
Owain Glyndŵr ond ni fedraf dderbyn dy wahoddiad.
Ni fyddwn yn teimlo'n ddiogel yno oherwydd gŵyr
pawb dy fod ti a'r mynaich yn gefnogol iawn iddo. Fodd
bynnag, rwyf yn fodlon ei gyfarfod yma yn Nannau ar y
diwrnod awgrymwyd gennyt, os ydi o'n ddigon o ddyn
i ddod yma. Rwyf yn addo y bydd yn hollol ddiogel.
Yr eiddot yn gywir,
Hywel Sele.

Pan glywodd Owain am ateb ei gefnder, cytunodd i
fynd i Nannau ar ei union a chafodd groeso mawr.
'Owain,' meddai ei gefnder, 'tyrd allan i'r parc i hela
ceirw. Fe gawn ni lonydd i siarad yno – a does wybod,
efallai y cawn ni garw i ddod yn ôl i'w rostio at y wledd
heno.'
'Diolch, Hywel,' meddai Owain, gan edrych ymlaen
at brynhawn difyr a buddiol.
Buont yn crwydro tiroedd helaeth Parc Nannau gan
fân siarad am sbel, y naill fel y llall fel petai'n ofni sôn

am yr elyniaeth a fu rhyngddynt cyhyd.

'Aros am funud, Hywel,' meddai Owain yn y man.

'Beth sydd?' meddai hwnnw, yn ddigon amheus.

'Draw acw, rhwng y ddwy dderwen. Weli di hi?'

'Wela' i. Ewig braf.'

'Ia. Dyna nod gwerth anelu ato,' meddai Glyndŵr, gan wybod mai ei gefnder oedd y sicraf ei anel yng Nghymru gyda bwa a saeth.

Estynnodd Hywel Sele ei law dde yn ôl yn ofalus i'w gawell saethau, gosod saeth finiog ar ei fwa, cymryd y straen, anelu at yr ewig . . . a throi'n sydyn gan ollwng y saeth yn syth at galon Owain!

Taflwyd Glyndŵr ar wastad ei gefn ar lawr gan rym yr ergyd. Oedd y bradwr wedi ei ladd? Nag oedd! Yr eiliad nesaf, roedd Owain ar ei draed a'i gleddyf yn ei law, ei flaen pigog yn crafu gwddf ei gefnder nes bod ffrwd fechan o waed yn ymddangos.

'Beth . . . ! Sut aflwydd. . . ? Rwyt ti'n dal yn fyw!' meddai Hywel Sele, a oedd wedi gollwng ei fwa yn ei ddychryn.

'Ydw, yn fyw ac yn iach ac yn bwriadu parhau felly hefyd, dim diolch i ti! Roeddwn i'n amau rhyw dric pan gefais i wahoddiad yma heddiw ac felly wedi gofalu rhoi gwisg ddur am fy hanner uchaf o dan fy nillad. Dyna pam na wnaeth dy saeth fy lladd i yn awr, y cnaf bradwrus!'

'Rwy'n dy gasáu di, Owain Glyndŵr!'

'Fe wn i hynny ac fe gei gyfle i ymladd rŵan, ond yn deg, ac nid fel llwfrgi. Estyn dy gleddyf!'

Bu'r ymladd yn hir a ffyrnig a gallai'r naill neu'r llall fod wedi ennill, ond yn y diwedd roedd Owain yn gryfach na Hywel. Syrthiodd y bradwr i'r llawr yn

gelain gyda chleddyf Owain drwy ei galon.

Bu llawer o ddyfalu yr oriau, y dyddiau a'r misoedd canlynol beth ddigwyddodd rhwng y ddau gefnder ym Mharc Nannau, ond wyddai neb i sicrwydd. Daeth yr ateb ddeugain mlynedd yn ddiweddarach pan holltodd mellten hen dderwen a safai yno. Sylweddolwyd mai ceubren ydoedd – ei bod yn wag y tu mewn – ac yn y twll a adawyd yn y boncyff cafwyd sgerbwd Hywel Sele ar ôl i Owain ei roi yno cyn diflannu eto . . .

* * *

Roedd Owain, fel y clywsom ni ynghynt, wrth ei fodd yn crwydro'r wlad mewn dillad annisgwyl fel na fedrai ei elynion ei adnabod. Gwnâi hyn yn aml i fesur gwir deimladau'r bobl tuag ato. Roedd yn beth peryglus iawn i'w wneud, wrth gwrs, gan y golygai fynd i ganol nythaid o ddynion y brenin weithiau a hynny heb bwt o arf a lle gallai llygaid gelyniaethus, craff ei adnabod.

Er hyn, roedd Owain wrth ei fodd â chastiau o'r fath ac weithiau âi i ganol ei elynion yn fwriadol er mwyn gwybod pa mor gryf oeddent cyn ymosod arnynt. Un tro, aeth ef a Rhys Gethin, un o'i ddilynwyr ffyddlonaf, at gastell Syr Lawrens Berclos ym Morgannwg, un o elynion pennaf y tywysog. Curodd y ddau yn dalog ar y drws a chan eu bod wedi eu gwisgo'n grand yn y ffasiwn diweddaraf o Baris, cawsant groeso mawr.

'*Monsieur*, croeso i chi a'ch gwas i'm castell bach i,' meddai Syr Lawrens mewn Ffrangeg, gan foesymgrymu. Roedd llawer o'r bobl fawr oedd yn ymladd yn erbyn Glyndŵr yn hanner Saeson a hanner Ffrancod ac yn siarad Ffrangeg er mwyn bod yn grand.

'Merci, monsieur,' meddai Glyndŵr mewn Ffrangeg perffaith. 'Syr Yvain ydw i a Flambé, fy nghyfaill ydi hwn. Tybed gawn ni aros yma heno, gan i ni fethu canfod gwesty parchus?'

'Wrth gwrs, Syr Yvain, bydd yn bleser. Nid yn aml y byddwn ni'n cael croesawu pobl o Ffrainc i'r ardal yma.'

'Wel, a dweud y gwir, rydw i yma ar neges bwysig a chyfrinachol ar ran y brenin, i weld beth ydi hanes y gwalch drwg yna, Owain Glyndŵr.'

'*Sacre bleu, monsieur!* Mae eich amseru yn berffaith! Rydw i wedi clywed ei fod yn yr ardal ac wedi anfon fy ngweision i chwilio amdano. Os arhoswch chi gyda mi am rai dyddiau, fe gewch chi weld Owain Glyndŵr yn cael croeso cynnes gen i yma yn y castell – croeso cynnes iawn.'

'Synnwn i ddim yn wir!' meddai Owain. 'Byddai hynny'n waith ardderchog a byddai'r brenin uwchben ei ddigon. Fe ofala' i ei fod yn cael adroddiad gwych amdanoch chi.'

Ac felly y bu pethau. Fe fu 'Syr Yvain' a 'Flambé' yn mwynhau croeso Syr Lawrens am dridiau. Cawsant stafelloedd clyd, gwinoedd gorau Ffrainc i'w hyfed a digonedd o fwyd blasus i'w fwyta. Roedd Syr Lawrens wrth ei fodd yn eu cwmni, er ei fod yn methu'n lân a deall pam oedd 'Flambé', fel gŵr bonheddig o Ffrainc, yn casáu'r garlleg a roddid yn y bwyd! Ond dyna fo, meddyliodd wrtho'i hun, '*C'est la vie'*. Cyn bo hir byddai pawb yn sôn amdano fel yr un a ddaliodd Owain Glyndŵr.

Ar ôl tridiau roedd Glyndŵr a Rhys Gethin wedi gweld digon o'r castell. Yn wir, roedden nhw wedi gwneud cynllun manwl ohono, yn dangos pob gwendid a nerth. Castell digon dibwys oedd o a doedd hi'n ddim gwerth trafferthu ymladd amdano. Roedd yn haws ei basio. O orffen eu tasg daeth yn amser ffarwelio. Aeth Owain at stafell Syr Lawrens a churo'r drws.

'Dewch i mewn! A, Syr Yvain . . .'

'Y, nid yn hollol, Syr Lawrens,' meddai Owain gan ysgwyd llaw ag ef yn gyfeillgar. 'Fe ddywedoch chi y gwelen ni Owain Glyndŵr yn cael croeso cynnes yn y castell hwn ac wrth gwrs, roeddech chi'n hollol gywir. Owain Glyndŵr sy'n ysgwyd llaw efo chi rŵan ac y mae o a'i gyfaill, Rhys Gethin, yn diolch am y croeso a gawsant gennych chi!'

Edrychodd Syr Lawrens arno yn geg agored a ddywedodd o ddim pan gerddodd y ddau yn dalog allan o'i gastell. Yn wir, roedd wedi cael cymaint o fraw, ddywedodd o'r un gair o'i ben am weddill ei oes!

* * *

Oes, mae llu o chwedlau am Owain Glyndŵr. Roedd o wrth ei fodd yn chwarae triciau ar ei elynion. Yn raddol fe gipiodd byddinoedd y brenin y cestyll a'r tiroedd oedd ym meddiant Owain yn ôl. Er hynny, lwyddon nhw ddim i'w ladd, er chwilio pob twll a chornel amdano. Ni ildiodd yntau chwaith ac ni chafodd ei fradychu gan yr un Cymro. Efallai fod gwir yn y traddodiad i Owain dreulio ei ddyddiau olaf yn Llangain gyda'i ferch Alis a than drwyn ei elynion – yn sicr, dyna'r math o beth yr oedd o'n ei wneud!

Os ydych chi'n hoffi crwydro, mae nifer o bethau sy'n gysylltiedig â hanes Glyndŵr i'w gweld yma ac acw yng Nghymru. Yn Neuadd y Ddinas, Caerdydd mae cerflun enwog o'r arwr. Mae ei senedd-dŷ yn dal ar ei draed ym Machynlleth. Dim ond poncan werdd sydd i ddangos lle bu Sycharth ond mae cryn dipyn o Abaty Cymer yn sefyll ar ei draed, er bod chwe chan mlynedd a mwy wedi mynd heibio ers i'r Abad sgrifennu at Owain a Hywel Sele.

O'r cyfan, fodd bynnag, efallai mai'r lle mwyaf rhamantus sy'n gysylltiedig â'r arwr yw ei ogof, sydd i'w gweld yn Niffwys Meillionen ger Beddgelert. Efallai y cewch chi gyfle i fynd ati ar hyd y silff gul ar wyneb y graig a dychmygu Owain yn cyrraedd yno'n ddiogel o gyrraedd ei elynion. Efallai, os byddwch yn lwcus, y daw ei ysbryd draw atoch i adrodd yr hanes . . .

BARTI DDU

O wlad fach, mae Cymru wedi cynhyrchu mwy na'i siâr o ambell beth. Cymerwch chi feirdd, er enghraifft – does yna'r un ardal bron heb fardd neu ddau wrthi'n brysur yn cyfansoddi cerddi am yr hyn sy'n digwydd o'u cwmpas. Rydan ni'n gyfoethog iawn o ran cerddoriaeth a cherddorion hefyd ac mae'n gamp i neb enwi rhan o Gymru lle nad oes canwr, band, côr neu grŵp i'w clywed.

Oedd hi fel hyn erioed, tybed? Wel oedd, am a wn i, ond nad bandiau a chorau oedd pob dim ers talwm. Roedd y beirdd yma, wrth gwrs – tydi'r rheini efo ni ym mhobman . . . Un math o berson difyr y cynhyrchodd Cymru fwy na'i siâr ohonynt oedd môr-ladron. Er bod ambell un yn greulon a brwnt, cymeriadau lliwgar yn hwylio'r byd i chwilio am antur a thrysor oedd y rhan fwyaf o fôr-ladron Cymru. Un o'r rhain oedd Pyrs

Gruffydd, aelod o deulu'r Penrhyn ger Bangor, a hwyliodd long Sbaenaidd yn llawn trysor yn ôl i Borth Penrhyn ar ôl ei chipio.

Efallai mai'r môr-leidr enwocaf o'r cwbl oedd Harri Morgan, a gafodd sawl antur a dihangfa wyrthiol rhag ei elynion cyn gwneud ei ffortiwn a setlo yn Jamaica – stori ryfeddol i ddyn oedd wedi cychwyn ei yrfa fel labrwr tlawd yn y Fenni, sir Fynwy.

Un a gafodd fywyd llawn mor anturus â Harri Morgan oedd Barti Ddu – neu Bartholomew Roberts fel y bedyddiodd ei fam a'i dad ef yng Nghasnewydd Bach, sir Benfro ychydig dros dri chan mlynedd yn ôl. Hoffech chi gael ei hanes? Iawn 'te . . .

* * *

Pentref bach tawel yng ngogledd sir Benfro ydi Castellnewydd Bach, neu Gasnewy'-bach ar lafar gwlad, ac roedd yn llai o lawer dri chan mlynedd yn ôl. Yr adeg honno doedd o fawr mwy nag ychydig fythynnod to gwellt, melin ac ambell fferm.

Gwneud clocsiau oedd gwaith tad Bartholomew, neu Barti fel y galwai pawb ef. Roedd ganddo fop o wallt du cyrliog ac yn dipyn o ffefryn gyda phawb yn y pentref. Un mentrus iawn oedd Barti ac ef oedd y dewraf o holl fechgyn yr ardal.

Roedd pawb yn y fro yn dlawd a bwyd yn ddigon prin weithiau, yn enwedig yn nhŷ'r clocsiwr a'i deulu. Dyna'r adeg pan fyddai Barti yn llithro allan yn y nos i gosi bol ambell eog neu rwydo sgwarnog dew ar dir y stad. Gwyddai'r cipar yn iawn ei fod wrthi ond ni fedrai yn ei fyw ei ddal – nid bod Barti wedi rhoi llawer o gyfle iddo.

Roedd yn un direidus iawn, hefyd. Un tro rhoddodd dywarchen fawr ar ben corn y cipar nes bod hwnnw a'i deulu yn gorfod rhuthro allan o'r tŷ yn pesychu a rhwbio'u llygaid, a hynny oherwydd iddo siarad yn gas ag un o ffrindiau Barti. Dro arall fe drodd ddŵr y felin i'r ffordd fawr un noson rewllyd er mwyn i fechgyn y pentref gael lle i sglefrio drannoeth. Yn digwydd bod, roedd y sglefran y tu allan i dŷ'r cipar a phan aeth hwnnw allan yn y nos i weld a oedd rhywun yn hela heb hawl, cafodd andros o godwm a thorri ei fraich.

Fore trannoeth deffrowyd y clocsiwr a'i deulu gan sŵn curo mawr ar y drws.

'Pwy ar wyneb y ddaear all fod yma'r adeg hyn o'r dydd Martha? Dydi hi ddim wedi goleuo'n iawn eto.'

'Wn i ddim wir, Rhisiart bach,' meddai hithau. Daeth sŵn dyrnu ar y drws eto.

'Reit, reit, rydw i'n dod nawr! Daliwch eich gwynt wir!' meddai Rhisiart Roberts, gan lapio côt amdano i gadw'n gynnes rhag yr oerfel.

Ar ôl agor y drws, pwy oedd yno ond y cipar, ei fraich dde wedi ei lapio'n dynn mewn cadachau ac yn gorffwys mewn sling.

'John Parry, beth yn y byd mawr ydych chi eisiau? Wyddoch chi faint o'r gloch ydi hi?'

'Gwn yn iawn. Ydi'r Barti gythrel yna yn y tŷ?'

'Peidiwch chi â siarad fel yna am fy mab i.'

'Fe siarada' i fel y mynna' i. Pan gaiff Syr Edmund wybod am yr hyn sydd wedi digwydd i mi, fe fydd hi'n ddrwg ar dy Barti annwyl di, o bydd! Mae'r crwt yna wedi mynd yn rhy bell y tro hwn.'

'Beth ydych chi'n feddwl?'

'Rydw i wedi torri fy mraich o'i achos ef. Mae'r feidr yn gramen o rew oherwydd iddo droi dŵr y felin iddi ac fe syrthiais innau. Fe gaiff garchar am hyn yn sicr.'

'Dim ond deuddeg oed ydi o. Wnewch chi mo'i yrru i garchar, erioed?'

'Gewch chi weld am hynny. Mae anafu un o swyddogion y Plas yn drosedd ddifrifol iawn . . . '

Tra oedd y ddadl hon yn mynd ymlaen, roedd ei fam wedi deffro Barti ac wedi dweud wrtho beth oedd wedi digwydd.

'Ond gwneud sglefren oedden ni, Mam, nid gosod trap i'r hen ffŵl tindrwm yna.'

'Dydw i ddim yn amau hynny, 'ngwas i, ond mae'n sôn am dy garcharu di ac fe wyddost ti sut un ydi'r Syr Edmund yna.'

'Fe fydda i'n iawn, Mam.'

'Fe fyddai'n dda gen i pe gwyddwn i hynny. Yr unig ffordd i wneud yn siŵr o hynny yw i ti fynd oddi yma.'

'Lle'r af i, Mam fach?'

'Wel, mae cefnder i mi yn fêt ar yr *Elisabeth* yn Abergwaun. Wyt ti'n cofio iddo fo sôn am i ti fynd yn brentis arni beth amser yn ôl?'

'Ydw siŵr, ond doeddech chi ddim yn fodlon.'

'Rydw i'n fodlon yn awr. Mae'n well gen i dy weld yn mynd i'r môr nag i garchar Caerfyrddin.'

'Gwych! Diolch Mam! Iesgob, rydw i'n falch i'r horwth tew John Parry yna fynd â'i draed i fyny . . . '

* * *

A dyna sut y dechreuodd gyrfa un o fôr-ladron enwocaf Cymru. Nid bod Barti Ddu yn fôr-leidr o'r cychwyn, chwaith. Na, dim o'r fath beth. Bu'n brentis am beth amser ar yr *Elisabeth* heb wneud llawer mwy na choginio a chysgu am y fordaith neu ddwy gyntaf. Yna, yn raddol, dechreuodd ddysgu rhai o sgiliau'r morwr ac yn anad dim, parchu'r môr.

O'r dechrau un roedd Barti Ddu yn forwr naturiol, er na fu ar gyfyl y môr cyn hyn. Mwynhâi su'r awelon yn yr hwyliau, sŵn y tonnau yn llepian yn erbyn ochrau'r llong a hyd yn oed ru'r corwyntoedd pan oedd yr *Elisabeth* yn carlamu fel ebol blwydd o'u blaenau. Mwynhâi gwmni'r criw ac roedd yr hwyl a geid yn ei gwmni yn ei wneud yn boblogaidd iawn yng ngolwg pawb.

Erbyn ei fod yn dri deg chwech oed roedd wedi gweld y rhan fwyaf o'r byd y gwyddid amdano yr adeg honno, o ryfeddodau'r India at harddwch ynysoedd y Caribî. Roedd Barti wrth ei fodd. Câi faint fynnai o amser i grwydro, cyfarfod pobl wahanol a gweld golygfeydd na fedrai ei rieni ond prin eu dychmygu pan ddisgrifiai hwy ar ymweliadau â Chasnewy'-bach. Yna, ar ôl pedair mlynedd ar hugain o grwydro'r moroedd yn cludo cargo o bob math, newidiodd bywyd y morwr o Gymro yn llwyr.

Erbyn hyn roedd Barti yn ail fêt ar long o'r enw *Princess* ac yn hwylio'n ôl am Fryste gyda chargo o lestri a sbeisus prin y Dwyrain. Am unwaith, roedd y tywydd ym Mae Gwasgwyn yn braf oherwydd gallai fod yn ddigon anwadal yma. Safai Barti ar y bow yn mwynhau pum munud o orffwys pan welodd long arall yn dod tuag at y *Princess*. Roedd rhywbeth yn wahanol ynglŷn â hi, ond o'r pellter yma ni fedrai ddweud yn union beth oedd hynny. Yn sydyn, teimlodd ei galon yn rhoi naid wrth weld fod pob modfedd o'r llong ddieithr wedi ei phaentio'n ddu ac roedd ei chriw yn edrych yn filain ac yn arfog. Llong môr-ladron oedd hi!

Roedd yn llawer cyflymach na'r *Princess* ac o fewn dim roedd wrth ei hochr a'r môr-ladron yn taflu haearnau bachu a rhaffau drosodd i dynnu'r ddwy long at ei gilydd. O fewn eiliadau roedd y môr-ladron ar fwrdd y *Princess*, er pob ymdrech gan y criw i'w hatal.

'Peidiwch â gadael iddyn nhw gael eu ffordd eu hunain!' bloeddiodd Barti. 'Gafaelwch mewn pastwn neu ddarn o raff – unrhyw beth – i'w hatal nhw!'

Ond cwffast unochrog iawn oedd hi. Roedd llawer mwy o'r môr-ladron ac roedden nhw wedi hen arfer ymladd. Barti oedd yr olaf i gael ei ddal a llusgwyd ef o flaen capten y llong ddu. Roedd ganddo gaban moethus a dillad drud.

'Pnawn da. Hywel Dafydd ydi'r enw.'

'Y . . . y . . . pnawn da. Bartholomew Roberts ydw innau. Cymro ydych chi!'

'Ie, wrth gwrs, Cymro glân gloyw o sir Fôn – Penmon a bod yn fanwl gywir. Wyddost ti am fan'no?'

'Gwn yn iawn. Rydw i wedi bod â chargo i Fiwmares fwy nag unwaith.'

'Wel wir, tydi'r hen fyd yma'n fach! Gwrando Bartholomew Roberts, mae gen i gynnig i ti.'

'O? Beth felly?'

'Mae angen dynion abal fel ti arna i – dynion sydd heb fymryn o ofn ac sy'n barod i gwffio pan fo rhaid. Sut mae ei deall hi, wyt ti'n gêm?'

'Wel, dydw i ddim yn siŵr. Mae gennych chi fôr-ladron enw drwg iawn, wyddoch chi. Rydych chi i fod yn greulon ac yn gwneud i bobl gerdded y planc ac ati.'

'Nid criw y *Wennol Ddu*, was. Y cwbl ydan ni'n wneud ydi'r hyn sy'n digwydd ar y *Princess* rŵan: mi gymerwn ni yr hyn sydd ei angen arnom ac wedyn fe gaiff hwylio ymaith yn ddiogel. Rhyw daclau eraill sy'n rhoi enw drwg i fôr-ladron parchus fel ni.'

'Wel, ie felly.'

'Wyt ti'n gêm 'te? Fe gei di fyw fel lord a chael rhan gyfartal o bopeth ydan ni'n ei gael o longau eraill.'

'Iawn 'te. Mae bywyd ar y *Princess* a'i thebyg yn gallu bod yn ddigon undonnog a'r cyflog yn fach.'

'Da iawn chdi, Bartholomew!'

'Galwch fi'n Barti – Barti Ddu mae pawb yn fy ngalw i.'

'Iawn . . . Croeso at griw y *Wennol Ddu*, Barti Ddu. Gyda llaw, gymeri di baned?'

'Paned? Roeddwn i'n meddwl mai rym a diodydd o'r fath oedd môr-ladron yn yfed?'

'Y sothach hwnnw? Does dim ond y te gorau o India a choffi De America ar y llong yma.

'Coffi? Ches i erioed beth o'r blaen, mae o'n rhy ddrud.'

'Wel, dyma dy gyfle di felly. A dweud y gwir, ar y ffordd i Dde America yr oedden ni rŵan pan welon ni chi. Mae digon o aur ac arian i'w gael yno, ond bod y taclau Sbaenwyr yna yn tueddu i chwarae'n fudur a defnyddio gynnau ac ati.'

Ac felly yr oedd hi. Fe aeth y *Wennol Ddu* draw ar draws Môr Iwerydd a'r criw oedd i gyd yn Gymry Cymraeg yn byw fel lords, yn union fel y dywedodd Hywel Dafydd.

O fewn chwe wythnos daeth newid pellach i fywyd Barti. Erbyn hynny roedden nhw wedi cyrraedd traethau Brasil ac wedi ysbeilio nifer o longau – ac nid llongau'n unig chwaith. Rhyfeddodd y criw at ddewrder Barti pan rwyfodd i'r lan ger tref fawr Sbaenaidd un noson a dychwelyd ymhen rhai oriau gyda chadwyn aur y maer yn ei boced!

Yna daeth trychineb, oherwydd wrth fyrddio llong anelodd un o'i chriw wn at Hywel Dafydd a'i saethu'n gelain. Beth wnâi'r môr-ladron yn awr? Wel, dewis capten arall wrth gwrs ac er mai ond chwe wythnos y bu gyda hwy, dewiswyd Barti.

O fewn dyddiau, roedd pawb yn gwybod am Barti Ddu, capten newydd y *Wennol Ddu*, oherwydd un digwyddiad arbennig. Roedd llongau Sbaen a Phortiwgal yn gwybod eu bod yn darged amlwg i fôr-ladron ac felly yr hyn a wnaent oedd hwylio gyda'i gilydd yn un fflyd fawr. Gwyddent felly na fentrai'r un môr-leidr ymosod arnynt. Yn wir, felly y tybiai pawb ond Barti Ddu.

'Mae'r cynllun yn un syml iawn,' meddai wrth ei ddynion. 'Fel y gwyddoch chi, mae llynges o bedwar deg dwy o longau'r Sbaenwyr yn yr harbwr yr ochr bellaf i'r trwyn acw ac yn eu canol yn rhywle mae'r *Santa Maria* sy'n orlawn o drysorau'r Indiaid. Rydan ni'n mynd i'w byrddio a'u cymryd oddi ar y Sbaenwyr.'

'Oes gan yr hen longau yna yr wyt ti wedi mynnu i ni eu hwylio yma ran yn y cynllun?' meddai Jâms Gruffydd, mêt y *Wennol Ddu*.

'Da iawn nawr, Jâms. Oes, wrth gwrs. Yr hyn wnawn ni yw mynd â nhw at geg yr harbwr heno, eu rhoi ar dân a gadael iddynt hwylio ymlaen at y llynges. Buan iawn y daw'r *Santa Maria* a'r lleill allan wedyn ac fe fedrwn ninnau gael helfa go lew.'

A dyna a wnaed y noson honno. Gweithiodd cynllun Barti yn berffaith a thra oedd y llongau yn ceisio ffoi o'r harbwr rhag y llongau tân, llithrodd y *Wennol Ddu* at y *Santa Maria* a dwyn y trysor oddi arni cyn i'r gweddill sylweddoli beth oedd yn digwydd. Hwyliodd y llong ddu i ffwrdd i'r tywyllwch a'r criw yn chwerthin yn braf at fenter eu capten a roddodd sawl cist o aur a gemau yn eu dwylo.

O hynny ymlaen daeth sawl un i ofni gweld y *Wennol Ddu* a'i baner newydd, sef y penglog a'r esgyrn croes. Baner Barti oedd hon i ddechrau ond cyn bo hir roedd ar hwylbren llong pob môr-leidr.

Os oedd ei long a'i faner yn ddu, roedd Barti ei hun yn hoffi gwisgo'n ffasiynol a lliwgar. Doedd dim yn well ganddo na sgwario ar y dec mewn trowsus melfed, crys sidan, gwasgod goch a het felen gyda phluen goch ynddi. Chwarddai'n braf wrth weld llongau'n sgrialu wrth ei weld yn dod ac yn wir, unwaith fe aeth i Newfoundland lle'r oedd dwy ar hugain o longau a ffodd y criwiau i gyd wrth weld y *Wennol Ddu*!

Crwydrai Barti a'i griw i bedwar ban byd yn hel trysorau o bob math ac roedd llawer yn ei ofni. Er hyn, doedd o ddim yn ddyn creulon. Roedd llawer o fôr-ladron eraill yn greulon a chiaidd ond nid Barti Ddu. Ffieiddiai ef atynt am roi enw drwg i'r proffesiwn, fel y galwai ef.

Yn anffodus i Barti, roedd yr awdurdodau'n edrych ar bob môr-leidr fel gelyn marwol ac un o'r rheini oedd dyn o'r enw Capten Ogle. Po fwyaf y sôn am Barti Ddu, mwyaf y casâi Ogle ef. Roedd llwyddiant y môr-leidr yn dân ar ei groen a chrwydrai'r moroedd yn ei long ryfel yn chwilio amdano.

Bu Ogle yn agos iawn at Barti ar adegau ond roedd y' môr-leidr dewr yn rhy gyflym iddo bob amser. Yn y diwedd, penderfynodd Ogle mai'r unig ffordd i'w ddal oedd ei hudo i drap.

Byddai'r *Wennol Ddu* yn crwydro'n rheolaidd i chwilio am ysbail rhwng De America a thraethau Gorllewin Affrica ac fe wyddai Ogle hyn. O ddilyn y llong ddu gwelodd fod Barti yn mynd am Wlff Gini a gwelodd ei gyfle. Anelai Barti at Benrhyn Lopez ac yno yr aeth y môr-leidr i gaeth gyfle.

Mewn bae unig, trefnodd Ogle fod llong i'w hangori a hynny mewn man lle gwyddai Barti y dylai fod yn cludo aur a thrysor. Gwyddai Ogle y byddai Barti yn ymosod arni a phan wnâi hynny, dyna ei gyfle yntau.

Ar fwrdd y *Wennol Ddu* roedd Barti wedi cymryd at y mêt, Jâms Gruffydd, yn arw.

'Jâms, os digwydd rhywbeth i mi, rydw i am i ti fod yn gapten ar fy ôl ac rydw i am i ti ofalu fy mod yn cael fy nghladdu yn y môr – yn Locar Dafydd Jones – a hynny yn fy nillad gorau. Wyt ti'n addo?'

'Gapten annwyl, peidiwch â siarad fel yna, wir. Fe fyddwch chi efo ni am flynyddoedd eto, nes byddwch chi'n barod i roi'r gorau iddi, ac fe ddilynwn ni chi i ble bynnag yr ewch chi â ni.'

'Wel, ar hyn o bryd, rydw i'n bwriadu mynd i'r lan am wythnos neu ddwy i gael gorffwys. Cofia di 'ngeiriau i. Wyt ti'n addo?'

'Ydw siŵr, ond arhoswch am funud – beth ydi nacw?'

'Llong ar ei phen ei hun! Dyna beth prin y dyddiau yma – ac un yn llawn trysor ddywedwn i hefyd, oherwydd mae'n isel yn y dŵr.'

'Beth wnawn ni, Capten?'

'Wel ei chipio hi siŵr iawn, ac yna mynd i'r lan am fymryn o wyliau yn yr haul.'

Ar hynny, galwyd pawb ar y dec a daeth pob un gyda'i gleddyf, ei raff a'i gyllell, yn barod i fyrddio'r llong drysor. Nid oedd neb i'w weld ar gyfyl y llong a wnaeth Barti amau dim nes bod bachau-a-rhaffau cynta'r criw yn taro'i dec. Roedd popeth yn rhy hawdd – tybed nad trap oedd cyfan . . . ?

Fe gafodd ei ateb yn y man, oherwydd o grombil y llong ymddangosodd ugeiniau o filwyr arfog, ac yn waeth byth, o'r tu ôl i drwyn o dir ymddangosodd llong ryfel Capten Ogle. Roedd rhaid ffoi ar unwaith!

'Torrwch y rhaffau! Trap ydi o!' bloeddiodd Barti nerth esgyrn ei ben.

Rhain oedd ei eiriau olaf. Edrychodd un o'r milwyr i gyfeiriad y llais, gweld y wasgod goch, anelu a thanio. Lladdwyd Barti Ddu yn y fan a'r lle.

Er eu dychryn, ni chollodd criw y *Wennol Du* arnynt eu hunain a chyda Jâms Gruffydd wrth y llyw, llwyddasant i ddianc. Y noson honno, cadwodd Jams ei air i'w gapten a llithrodd corff Barti Ddu i ddyfnderoedd y môr wedi ei wisgo'n ysblennydd. Roedd y crwt o Gasnewy'-bach wedi byw a marw ar y môr a doedd hi ond yn addas ei fod yn cael ei gladdu ynddo hefyd.

MELANGELL

Wyddoch chi pwy oedd Sant Ffransis o Asisi? Ie, dyna chi, y sant oedd yn gyfaill i bob creadur gwyllt. Roedd o mor garedig efo nhw nes bod yr adar yn eistedd ar ei ysgwyddau ac anifeiliaid gwyllt yn chwarae o gwmpas ei draed. Ond mae gan Gymru nawddsant yr anifeiliaid hefyd – neu nawddsantes yn hytrach, oherwydd Melangell oedd ffrind ein hanifeiliaid ni. Hoffech chi gael ei stori hi? Wel, dyma ni 'te . . .

* * *

Gannoedd ar gannoedd o flynyddoedd yn ôl – mil a phedwar cant a bod yn gysact – roedd Brochwel Ysgythrog yn dywysog Powys. Cafodd yr enw Brochwel *Ysgythrog*, gyda llaw, oherwydd fod ganddo ysgythrau neu ddannedd mawr! Roedd yn dywysog enwog iawn ac roedd ganddo lawer o diroedd. Yn ôl Gerallt Gymro, roedd Powys yn llawer mwy na'r sir bresennol ac yn cynnwys rhan fawr o'r hyn sy'n Lloegr bellach. Roedd llys Brochwel ym Mhengwern, Amwythig ac roedd yn rhan o Gymru nes i'r Saeson ei gipio adeg Llywarch Hen. Roedd yn dywysog mawr, yn amddiffyn ei wlad rhag pob gelyn a galwai'r beirdd Bowys yn 'wlad Brochwel'.

Dyn teg, ond dyn wedi arfer gorchymyn a chael ei ffordd ei hun oedd Brochwel. Ar adeg pan oedd cymaint o ymladd a pherygl, efallai mai da o beth oedd hynny. Ei ddiddordeb mawr, fodd bynnag, oedd hela. Roedd pen sawl blaidd, carw a llwynog yn addurno waliau llys Pengwern a chafodd sawl dieithryn a arhosodd yno groeso mawr a blasu cig rhost mochyn gwyllt, sgwarnog neu gwningen a laddwyd ganddo.

Un diwrnod daeth gwas y tywysog ato a'i gyfarch.

'Mae'n ddiwrnod braf, fy arglwydd.'

'Ydi wir, Cadog. Rhy braf o lawer i aros yn y llys. Rydw i'n bwriadu mynd i hela heddiw. Gorchymyn osod cyfrwy ar Carnwen fy ngheffyl o fewn awr a chael y cŵn hela yn y buarth yr un pryd.'

'Fe fyddai'n braf cael diwrnod o hela, fy arglwydd.'

'Beth, fuest ti erioed yn hela?'

'Chefais i erioed gyfle,' meddai Cadog.

'Hoffet ti ddod gyda ni heddiw?'

'Fedra' i ddim, mae gen i ormod o waith . . . '

'Choelia' i fawr. Fi ydi'r tywysog ac rydw i'n rhoi caniatâd i ti – nage, yn dy *orchymyn* i ddod efo fi!'

'Ond . . . '

'Ond beth rŵan?'

'Does gen i ddim dillad hela,' meddai Cadog.

'Dywed fy mod yn gorchymyn cael ceffyl a dillad i tithau hefyd a bydd yn barod ar fuarth y castell ymhen awr. Fe gei di ddiwrnod i'r brenin . . . neu i'r tywysog o leiaf!'

Ymhen awr roedd y buarth yn ferw gwyllt, gyda helwyr mewn dillad gwyrddion, ceffylau cryfion yn anesmwytho a haid o gŵn hela yn ysu am gael eu gollwng yn rhydd a chodi prae.

'Dyma i ti olygfa i godi dy galon, Cadog!'

'Ie'n wir, fy arglwydd.'

'O, anghofia rhyw lol fel yna am heddiw. Dau heliwr mewn dillad gwyrdd fel pawb arall ydan ni am yr oriau nesaf, felly galw fi'n Brochwel, bendith tad i ti.'

'Iawn, fy arg . . . y . . . Brochwel!'

Ar hynny, estynnodd y tywysog gorn aur o'i boced a rhoi caniad uchel arno. Hwn oedd yr arwydd y bu pawb yn disgwyl amdano. Taflwyd dorau anferth y llys ar agor a charlamodd pawb allan, gyda'r bytheiaid yn udo ar y blaen. Sylwodd Cadog fod ganddynt i gyd glustiau gwynion a bod coler arian am wddf pob un. Chafodd o ddim amser i sylwi ar fawr mwy na hynny, fodd bynnag, oherwydd roedd yn gymaint ag y gallai wneud i aros ar gefn ei geffyl a chadw'n agos at Brochwel.

Buont yn tuthio mynd am rai milltiroedd cyn i'r cŵn godi blaidd. Ar unwaith chwythodd Brochwel ei gorn aur a charlamodd yr helfa ar ei ôl. Gwnaeth y blaidd bopeth a fedrai i'w colli: aeth drwy goed, ond dilynodd y cŵn ef; rhedodd i fyny llethrau serth, ond daliodd y ceffylau ar ei warthaf. Ni lwyddodd i ddianc nes cyrraedd afon a rhedeg yn y dŵr am bellter go lew ac o ganlyniad collodd yr helgwn ei drywydd.

Erbyn hyn, roeddent wedi crwydro'n bell o'r llys ac

yn barod am ginio. Arhosodd Brochwel yng nghysgod creigiau a dorrai ar yr awel fain a sglaffiodd yr helwyr y pryd ardderchog a baratowyd iddynt yng nghegin Pengwern. Bwytaodd Cadog fwy na neb, gan feddwl wrtho'i hun nad oedd erioed wedi cael pryd mor flasus.

Ar ôl cinio aeth y criw yn eu blaenau, gan weld bryniau yn codi yn y pellter. Gan iddi fod yn haf sych daethai'n hydref cynnar ac roedd y rhedyn yn crino'n goch ar y llethrau.

'Dyma i ti dir hela gwych, Cadog!' meddai Brochwel.

'Ie wir?'

'Ie, synnwn i ddim na chodwn ni garw neu faedd gwyllt cyn bo hir rŵan.'

Ar y gair, daeth sŵn rhuthro gwyllt o lwyni gerllaw a dechreuodd yr helgwn udo ar unwaith.

'Dyna fo Cadog – weli di o? Clamp o garw coch! Tyrd neu fe fyddwn ni wedi ei golli.'

'Iawn, Brochwel. Tydi o'n greadur hardd?'

'Ydi, fe gawn ni dipyn o waith i ddal hwnna,' meddai'r tywysog gan sbarduno Carnwen i arwain yr helfa.

Bu dwyawr a mwy o garlamu gwyllt wedyn a Cadog, nad oedd yn giamstar ar farchogaeth, prin yn medru aros yn y cyfrwy. Er ubain y cŵn oedd ar ei ôl, llwyddai'r carw i gadw ar y blaen iddynt a'i gyrn urddasol yn chwifio mynd drwy'r môr o redyn crin.

O'r diwedd fodd bynnag, a hwythau yng nghanol y bryniau bellach, roedd y cŵn ar ei sodlau yn llythrennol . . . ac yna diflannodd.

'Lle goblyn aeth o?' meddai Brochwel.

'Mae'n union fel petai'r ddaear wedi ei lyncu,' meddai Cadog. Ydi hyn yn digwydd yn aml?'

'Welais i erioed beth tebyg o'r blaen. Mae yna rywbeth rhyfedd yn digwydd heddiw. Dyma ni, helwyr a helgwn gorau'r wlad wrthi ers oriau a hynny'n hollol ofer. Wel, tydw i ddim yn mynd yn ôl i Bengwern yn waglaw.'

'Beth nesaf felly, Brochwel?

'Fe awn ni i fyny'r cwm acw. Os codwn ni brae yno, fedr o ddim dianc mor hawdd wedyn.'

Ond dyna'n union ddigwyddodd. Roedd y cwm yn llawn anifeiliaid gwyllt ond doedd dim posib dal yr un ohonynt, boed flaidd, mochyn gwyllt, llwynog na dim.

'Mae'r ardal fel petai wedi cael ei swyno,' meddai Brochwel. 'Does dim dichon dal unrhyw beth yma.'

'Mae fel petai rhywun neu rywbeth yn eu hamddiffyn,' meddai Cadog.

'Wel, rydan ni bron wedi cyrraedd pen draw'r cwm ac edrych, mae'r cŵn wedi codi sgwarnog. Chaiff hon ddim dianc beth bynnag.'

Roedd yn ymddangos fel petai Brochwel am gael un creadur o leiaf i fynd yn ei ôl i Bengwern, oherwydd roedd y llethrau ym mhen draw'r cwm yn codi'n serth a'r cŵn yn prysur gau am y sgwarnog fach.

Yn ei hofn, rhuthrodd y greadures i lwyn o goed a chanodd y tywysog ei gorn aur i dynnu pawb ato ac i hysio'r cŵn ymlaen. Erbyn hyn deuai sŵn cyfarth mawr o'r coed.

'Glywi di'r cyfarth yna?' meddai Brochwel. 'Maen nhw wedi ei chornelu hi ac yn disgwyl gorchymyn gen i. Tyrd, Cadog.'

Ac i mewn i'r coed â nhw. Yno roedd golygfa nad anghofiai'r ddau byth. Mewn llecyn clir yng nghanol y coed gwelsant ferch ifanc yn sefyll, a'r sgwarnog wrth ei thraed.

'Edrych Brochwel, mae'r cŵn fel petai arnyn nhw ofn mynd ar gyfyl y sgwarnog.'

'Ydyn, ond fe gawn ni weld am hynny rŵan! Ewch yn eich blaenau – lladdwch y sgwarnog! Lladdwch hi!'

Ond ni symudodd y cŵn.

'Pwy wyt ti?' meddai'r tywysog wrth y ferch ifanc.

Ddywedodd hi'r un gair, dim ond plygu a chodi'r sgwarnog yn ei breichiau.

'Pwy wyt ti?' meddai Brochwel eto, yn uwch y tro yma. Roedd yn prysur golli ei limpin oherwydd nid oedd wedi arfer cael neb yn ei herio.

'Melangell ydw i ac rydw i wedi dod yma o Iwerddon i addoli Duw.'

'Ai ti sydd wedi bod yn amddiffyn yr anifeiliaid rhag fy nghŵn heddiw?'

'Ie. Rydw i'n hoff iawn o bob creadur byw a dydw i ddim yn dymuno gwneud unrhyw niwed iddyn nhw.'

Sylweddolodd Brochwel yn y fan a'r lle ei fod yn siarad â santes, ac er ei fod yn dywysog, aeth ar ei liniau o'i blaen.

'Mae'n ddrwg iawn gen i, Melangell. Roeddwn i'n meddwl mai rhywun oedd wedi witsio'r anifeiliaid. Fe wnaf i'n siŵr na wnaiff neb aflonyddu arnat ti na'r anifeiliaid yn y cwm yma eto. Dy eiddo di ydi o bellach a chei wneud fel y mynni di yma.'

'Diolch i ti, Brochwel. Fe godaf eglwys yma a gall unrhyw un ddod yma i addoli gyda mi, cyn belled â'u bod yn parchu'r anifeiliaid sydd yma hefyd.'

Ar y gair gwelodd Brochwel, Cadog a gweddill yr helwyr olygfa ryfeddol. Daeth llu o greaduriaid gwyllt at Melangell o'r coed – bleiddiaid a mynn geifr; llwynogod a chwningod; baeddod gwyllt a sgwarnogod. Roedd y lle yn fyw o anifeiliaid a'r cyfan yn gwbl heddychlon. Roedd adar yn hofran uwchben a hyd yn oed pan ymddangosodd cudyll coch, doedd y rheini ddim yn ofni chwaith. Gwyddai'r cwbl eu bod yn ddiogel gyda Melangell.

Yr enw ar y cwm lle gwelodd Brochwel Melangell ydi Pennant Melangell ac mae'r eglwys gododd hi yno o hyd. Mae pobl yr ardal yn dal i gofio am Melangell a sut yr achubodd y sgwarnog rhag cŵn Brochwel, a'r enw lleol ar y creaduriaid ydi 'ŵyn bach Melangell'.

Mae cân gan y grŵp 'Plethyn' yn sôn am Melangell a'i chariad at anifeiliaid a byddai'r Santes wrth ei bodd gyda'r cytgan:

I'r sgwarnog a'r llwynog, y cudyll coch a'i gyw,
Rhown ninnau bob nodded, fe'u ganed hwythau i fyw;
Y ffwlbart a'r wenci, a'r dwrgi draw'n y llyn,
Boed iddynt oll eu rhyddid ar ddôl a phant a bryn.

Y CYFNEWIDIAID

Welsoch chi'r Tylwyth Teg erioed? Naddo? Na finnau chwaith . . . ond fe welais gylchoedd y Tylwyth Teg fwy nag unwaith. Cylchoedd mewn gwair ydi'r rhain ac yn ôl yr hen bobl, olion lle bu'r Tylwyth yn dawnsio ydyn nhw. Maen nhw yma o hyd, fel y gŵyr pob un ohonoch chi sydd wedi colli dant a'i roi dan obennydd yn y nos, oherwydd erbyn y bore bydd y bobl bach wedi gofalu ei ffeirio am ddarn o arian.

Ydyn, maen nhw'n gallu bod yn ffeind iawn ac mae llawer o straeon am eu caredigrwydd nhw. Cafodd llawer o bobl arian gan y Tylwyth dros y blynyddoedd – ar yr amod nad oeddent yn dweud wrth neb pwy oedd yn ei roi iddynt. Os gwnaent hynny byddai'r cwbl yn troi'n ddail, papur neu gregyn diwerth hollol.

Mae'r Tylwyth Teg yn gallu bod yn ddireidus iawn, ond ers talwm roedd rhai ohonyn nhw'n gallu bod yn ddigon cas hefyd. Y rheini oedd yn dwyn plant a'u cipio i'w gwlad eu hunain. Weithiau roedden nhw'n blant mawr fel chi, ond ran amlaf babanod bach oedd y ffefrynnau, gan eu cyfnewid am eu babanod nhw eu hunain. Mae llawer o straeon am 'gyfnewidiaid' fel yr oedden nhw'n galw babanod y Tylwyth Teg oedd wedi cael eu ffeirio fcl hyn. Dyma i chi un o ardal Trefeglwys ger Llanidloes . . .

* * *

Bwthyn bach ar ochr y ffordd oedd Twt y Cwmrws ac yno'r oedd Eben ac Elen Siôn yn byw. Garddwr oedd Eben, yn gweithio ar stad leol, ac o ganlyniad roedd gardd y bwthyn bach fel pin mewn papur. Boed haf neu aeaf, roedd blodau a llysiau yng ngardd Twt y Cwmrws a medrai Elen fwydo ei theulu â digonedd o fwyd iach, er mai bach oedd cyflog Eben. Roedd ganddyn nhw bedwar o blant – Ifan ac Einir ac efeilliaid chwe wythnos oed. Yr efeilliaid oedd cannwyll llygad Elen Siôn, a thestun sgwrs un bore gwlyb ym mis Medi.

'Elen, mae'r efeilliaid yn chwe wythnos oed heddiw a tydyn nhw byth wedi cael enw.'

'Nag ydyn Eben bach, am y rheswm syml nad ydyn nhw wedi cael eu bedyddio . . . a chyn iti ofyn, fe wyddost ti pam na chawson nhw eu bedyddio hyd yn hyn.'

'Oherwydd y tywydd drwg wyt ti'n feddwl?'

'Ie, wrth gwrs. Fe wyddost fod pawb yn dweud mai hwn ydi'r mis Medi gwlypaf ers cyn cof ac nad ydi hi'n ffit i gi fynd allan heb sôn am fabanod bach chwe wythnos oed.'

'Ie, ond mae'n rhaid eu bedyddio nhw, Elen fach, er mwyn iddyn nhw gael enw.'

'Rhaid wrth gwrs, ond fe ddisgwyliwn ni i'r tywydd wella cyn gwneud hynny.'

Ond nid oedd Eben wedi gorffen eto. Roedd rhywbeth yn ei boeni ac roedd yn rhaid dweud wrth Elen.

'Beth . . . beth am y Tylwyth Teg, Elen?'

'Beth amdanyn nhw?'

'Dwyt ti ddim yn poeni y gwnân nhw ddwyn yr efeilliaid?'

'Hy! Choelia' i fawr! Beth roddodd y fath syniad yn dy ben di dywed?'

'Wel, mae o wedi digwydd sawl tro ac fe wyddost yn iawn eu bod nhw'n arbennig o hoff o fynd â phlant heb eu bedyddio.'

'Coel gwrach ar ôl bwyta uwd! Rwyt ti'n rhy ofergoelus o lawer, Eben bach.'

'Efallai wir fy mod i, ond fe fydda i'n teimlo'n llawer brafiach ar ôl i'r ddau gael eu bedyddio.'

'Aros di am funud! *Chdi* sydd wedi bod yn rhoi'r procer a'r efail ar draws y crud, a finnau'n rhoi'r bai ar Ifan ac Einir. Pam oeddet ti'n gwneud hynny neno'r tad?'

'I'w hamddiffyn nhw rhag y Tylwyth Teg siŵr iawn. Mae pawb yn gwybod bod ar y cnafon bach hynny ofn haearn a thân, felly beth well fedrwn i ei gael i'w cadw draw?'

'Rwtsh!'

'Wel, mae'n gweithio tydi? Fu'r Tylwyth ddim yma, naddo?'

'Gweithio wir! Welais i na thithau mo'r Tylwyth Teg

erioed, a wnawn ni ddim chwaith. Mae'r procer a'r efail i aros ar garreg yr aelwyd o hyn allan, wyt ti'n deall? Does dim synnwyr mewn rhoi hen bethau budron a pheryg fel yna ar gyfyl crud.'

'Gobeithio y medri di gadw llygad ar yr efeilliaid i'w gwarchod nhw ddydd a nos 'te,' meddai Eben.

'Taw â dy fwydro wir, a bwyta dy uwd neu fe fyddi di'n hwyr i'r gwaith ac fe fydd yna drwbwl os byddi di ar y clwt. Tyrd, gwna siâp arni.'

Fel sawl tro arall, penderfynodd Eben mai callaf dawo a bwytaodd ei uwd mewn tawelwch cyn cychwyn am ei waith.

* * *

Ar ôl hwylio Eben am ardd y stad a'r ddau blentyn hynaf am yr ysgol, cafodd Elen Siôn y bwthyn iddi ei hun. Roedd wedi golchi'r llestri a diwrnod o waith o gwmpas y tŷ o'i blaen. Fel arfer byddai'n mwynhau diwrnod o bobi, gwnïo neu dwtio, ond ar ôl chwe wythnos o fethu â mynd allan oherwydd y tywydd roedd hi'n dechrau syrffedu ar fod dan do.

Roedd geiriau Eben wrth y bwrdd brecwast wedi ei sgytian braidd hefyd er ei bod wedi eu hwfftio ar y pryd. Erbyn hyn, roedd wedi dechrau hel meddyliau, gan gofio straeon a glywsai gan ei nain am y Tylwyth Teg yn cipio pobl a phlant ers talwm, a'u teuluoedd yn torri eu calonnau a marw. Ond pethau yn y gorffennol pell oedd y rheini; doedd dim sôn am neb oedd wedi gweld y Tylwyth yn ddiweddar, ac eto . . .

Glaw neu beidio, penderfynodd Elen fod yn rhaid i'r efeilliaid gael eu bedyddio cyn gynted ag y bo modd.

Byddent yn ddiogel wedyn am nad oedd gan y Tylwyth unrhyw ddiddordeb mewn plant o'r fath. Yna, cofiodd nad oedd ganddynt ond un wisg fedyddio. Byddai angen cael un arall cyn y medrid mynd â'r efeilliaid i'r eglwys i gael bedydd ac enw.

Roedd Betsan Ty'n Clwt, cymydog iddi, newydd fedyddio ei merch fach ac felly roedd ganddi wisg fedydd a gwyddai y câi ei benthyca ar unwaith ganddi. Brysiodd i daro siôl dros ei gwar – ond beth wnâi hi â'r efeilliaid? Byddent yn wlyb at eu crwyn os âi â hwy gyda hi, er mai prin chwarter milltir oedd rhwng y ddau fwthyn. Byddai trochfa o'r fath yn ddigon am ddau mor ifanc, felly penderfynodd eu gadael yn cysgu yn y crud tra piciai i weld Betsan. Wedi'r cwbl, ychydig funudau fyddai hi fan bellaf . . .

Rhuthrodd Elen drwy'r glaw i Dy'n Clwt ac o fewn deng munud roedd yn dod yn ei hôl, a'r wisg fedydd yn becyn twt o dan ei chesail. Wrth fynd am y tŷ gwelodd dri neu bedwar o ddieithriaid mewn dillad lliwgar yn dod i'w chyfarfod. Gwyddai oddi wrth eu gwisg nad oeddent yn bobl leol. Pwy oedden nhw tybed? Beth oedden nhw'n ei wneud allan ar y fath dywydd? A beth oedd dwy ohonyn nhw yn eu cario, gan eu swatio'n dynn wrth fynd heibio?

Dechreuodd hel meddyliau wrth sylweddoli iddyn nhw ddod o gyfeiriad Twt y Cwmrws. Tybed ai . . . ? Ond na, doedd neb wedi gweld Tylwyth Teg ers blynyddoedd lawer, a feiddien nhw byth gipio'r efeilliaid gefn dydd golau . . . Wnaen nhw?

Gyda'i chalon yn ei gwddf, carlamodd y llathenni olaf am y tŷ. Petai hi ond wedi gadael heyrn y tân dros y crud efallai y byddai popeth yn iawn . . . Ac yna roedd wedi

cyrraedd y bwthyn ac yn edrych ar yr efeilliaid yn cysgu'n dawel. Diolch i'r drefn, doedden nhw ddim wedi cael eu cyfnewid!

Ymhen hir a hwyr deffrodd y babanod a dechrau crio. Dim ots faint o fwythau na bwyd a gaent, doedd dim tawelu arnyn nhw, dim ond cnewian crio drwy'r dydd.

Erbyn i Eben gyrraedd yn ôl o'r gwaith – a hynny'n gynt nag arfer ar ôl gyrru Ifan ac Einir i'w nôl – roedd Elen bron â mynd o'i cho.

'Beth sydd Elen fach?'

'Yr efeilliaid yma, Eben, wnân nhw ddim stopio crio.'

'Oes rhywbeth o'i le arnyn nhw? Wyt ti wedi ceisio rhoi bwyd iddyn nhw?'

'Bwyd ddywedaist ti? Dydw i wedi gwneud dim ond eu bwydo a'u siglo nhw drwy'r dydd. Mae'r ddau wedi bwyta fel petai branar arnyn nhw heddiw a chawson nhw ddim digon eto yn ôl pob tebyg.'

'Maen rhaid fod rhywbeth wedi digwydd iddyn nhw heddiw. Yn bwyllog yn awr, dywed wrthaf i pryd y dechreuon nhw grio.'

'Ar ôl iddyn nhw ddeffro wedi i mi bicio i Dy'n Clwt i gael benthyg gwisg fedydd.'

'Ac mi adewaist ti nhw yn y tŷ ar eu pen eu hunain?

'Dim ond am ddeng munud.'

'Mae hynny'n ddigon, a doedd y procer a'r efail ddim ar draws y crud mae'n siŵr?'

'Nag oedden,' meddai Elen mewn llais bach, yn sylweddoli ei bod wedi gwneud camgymeriad mwyaf ei hoes.

Dechreuodd grio ond rhwng hynny ac aml ochenaid, daeth yr hanes i gyd allan, gan gynnwys gweld y bobl ddieithr yn dod o gyfeiriad y tŷ.

'Y Tylwyth Teg oedden nhw'n saff i ti.'

'Ond chawson nhw ddim gafael ar yr efeilliaid,' meddai Elen.

'Sut wyt ti'n gwybod?'

'Ond tydyn nhw yma o'n blaenau ni'n awr. Efallai mai wedi cael eu dychryn ganddyn nhw y maen nhw.'

'Dydw i ddim mor siŵr, Elen fach. Fe fydd yn rhaid cadw llygad barcud arnyn nhw.'

'Ond rydw i'n adnabod fy mhlant fy hun!'

'Efallai'n wir, ond mae'r Tylwyth Teg yn gyfrwys iawn.'

* * *

Chafodd neb fawr o gwsg yn Nhwt y Cwmrws y noson honno gan i'r efeilliaid floeddio drwy'r nos. Fore trannoeth, gwyddai Eben Siôn yn union beth oedd yn rhaid ei wneud.

'Elen, anfon Ifan at y pen-garddwr i ddweud na fydda i'n mynd i'r gwaith am ddiwrnod neu ddau.'

'Ond pam?'

'Rydw i'n mynd i weld John Harries i Gwrt y Cadno.'

'Pwy ydi o?'

'Fo ydi gŵr hysbys enwocaf Cymru. Mae o'n gwybod yn iawn am gastiau'r Tylwyth Teg, gwrachod ac ysbrydion. Mae o'n gallu rhagweld hyd yn oed a does yna fawr ddim na fedr o ei wneud. Fo ydi'r un i ddweud wrthym beth ddylem ei wneud os ydi'r efeilliaid wedi cael eu cyfnewid – ac ar ôl eu perfformiad nhw neithiwr, rydw i'n amau'n gryf mai felly y mae hi.'

Cafodd Eben fenthyg ceffyl a thrap gan gymydog ac erbyn y pnawn roedd wedi cyrraedd tŷ'r gŵr hysbys ac yn dweud yr hanes i gyd wrtho.

'Rwyt ti'n iawn i amau mai wedi cael eu cyfnewid y mae'r efeilliaid,' meddai Harries mewn llais pwyllog. 'Rydw i wedi cael sawl achos dros y blynyddoedd, ond paid â phoeni, does yna'r un wedi 'nhrechu i hyd yn hyn. Roeddet ti'n hollol gywir i geisio gwarchod y plant nes iddyn nhw gael eu bedyddio ac roedd dy wraig . . . Elen ddywedaist ti oedd ei henw hi?'

'Ie.'

'Roedd hi'n wirion iawn. Rhai stumddrwg iawn ydi'r Tylwyth Teg, neu Fendith y Mamau fel y bydd rhai y ffordd hyn yn eu galw nhw. Nid eu bod nhw'n fendith i famau o gwbl chwaith!'

'Ond *pam* maen nhw'n ffeirio plant?' meddai Eben.

'Wel, yn ôl pob tebyg, maen nhw'n cael trafferth i fagu rhai o'u plant eu hunain, er ceisio gwneud hynny am flynyddoedd – canrifoedd weithiau. Yr hyn maen nhw'n wneud wedyn yw chwilio am blant heb eu bedyddio, fel yr efeilliaid, ac yna eu cyfnewid am eu plant eu hunain.'

'Ond sut na fedr rhywun ddweud hynny'n syth?'

'Maen nhw'n gyfrwys iawn, fel y dywedais i. Maen nhw'n gwneud i'w plant edrych fel y plant maen nhw wedi eu dwyn fel na fydd y rhieni ddim callach. Ond wrth gwrs, plant annifyr iawn, ganrifoedd oed ydi rhai'r Tylwyth Teg a fydd y rhieni fawr o dro cyn amau bod rhywbeth o'i le, ond heb wybod beth yn union, na beth i'w wneud.'

'Dyna pam y des i atoch chi'n syth.'

'Fe wnest yn iawn. Y peth cyntaf i'w wneud ydi profi y tu hwnt i bob amheuaeth mai Tylwyth Teg sydd yn y crud, ac nid yr efeilliaid.'

'Ond sut mae gwneud hynny?'

'Fe ddyweda' i wrthyt ti'n awr. Mewn gwirionedd, er eu bod nhw'n edrych fel babanod chwe wythnos oed, maen nhw'n hen fel pechod ac y mae'n bosib eu cael nhw i ddangos hynny. Wyt ti'n gwrando'n ofalus?'

'Ydw.'

'Reit 'te. Mae'n rhaid gwneud rhywbeth gwirion o'u blaenau nhw – rhywbeth hollol ddwl – ac wedyn fe fyddan nhw'n sicr o ddatgelu eu cyfrinach. Oes yna fferm sy'n tyfu ŷd yn agos i chi?'

'Oes, amryw,' meddai Eban.

'Yr wythnos nesaf mae'r tywydd yn mynd i wella a bydd y ffermwyr a'r gweision i gyd wrthi'n medi'r ŷd gyda'u pladuriau. Ar ddiwedd dydd, mae eisiau i ti a'th wraig wahodd criw o'r fath draw am swper. Iawn?'

'Iawn.'

'Y diwrnod hwnnw, mae eisiau i Elen baratoi'r bwyd ar eu cyfer. Potas fydd o, ac mae eisiau ei ferwi mewn plisgyn wy.'

'Ond fydd hynny ddim digon i gyw dryw heb sôn am griw o weithwyr ar eu cythlwng!'

'Yn union! Rwyt ti wedi taro'r hoelen ar ei phen. Pan wêl y cyfnewidiaid – os mai dyna ydyn nhw – beth mor ddwl, fe fyddan nhw'n siŵr o ddweud rhywbeth. Mae'n bwysig iawn eich bod yn clywed hynny, oherwydd fe fyddwch yn gwybod i sicrwydd wedyn beth ydyn nhw.'

'Beth wedyn, Dr Harries? Sut ydan ni'n mynd i gael yr efeilliaid yn ôl?'

'Wyt ti'n cofio i mi ddweud na wnes i fethu cael yr un baban yn ôl o grafangau'r Tylwyth Teg, on'd wyt?'

'Ydw.'

'Wel, fe fydd yn rhaid i ti fod yn ddewr iawn a gwneud yn union fel yr ydw i'n mynd i'w ddweud wrthyt ti'n awr. Wyt ti'n addo?'

'Ydw . . .'

* * *

Yr wythnos ganlynol, yn union fel yr oedd y gŵr hysbys wedi ei ragweld, gwellodd y tywydd yn fawr. Gan gymryd mantais ar y tywydd braf aeth y ffermwyr i gyd ati i dorri'r ŷd. Gan ddilyn cyngor y gŵr doeth, gwahoddodd Elen ac Eben ffermwr a gweision yr Hendre draw am swper un gyda'r nos ar derfyn eu diwrnod yn y cynhaeaf.

'Cofia fod Gruffydd Edmwnt a'i weision yn dod draw am swper cynhaeaf heno, Elen,' meddai Eben y bore hwnnw, gan roi winc fawr ar ei wraig, heb i'r ddau yn y crud ei weld.

'Iawn, fe af ati i baratoi'r potas y bore 'ma, ar ôl i bawb adael,' meddai hithau gyda winc yn ôl.

Llowciodd pawb ei uwd y bore hwnnw a chychwyn am waith ac ysgol – neu smalio gwneud, oherwydd cuddio tu allan i'r gegin wnaeth Eben, yn glustiau i gyd, tra oedd Elen yn hel ei phethau at ei gilydd i wneud potas. Siaradai â hi ei hun wrth wneud hynny, gan ofalu bod y ddau yn y crud yn clywed.

'Darn o daten, moronen a phanas, llond gwniadur o ddŵr a darn maint ewin fy mys bach o gig eidion a berwi'r cyfan yn y plisgyn wy yma. Fe fydd hynna'n ddigon i fwydo'r criw heno!'

'Digon i griw, wir! Glywaist ti'r fath ffwlbri yn dy ddydd, frawd?' meddai llais main o'r crud.

Roedd Eben ac Elen wedi synnu fod babanod chwe wythnos oed yn gallu siarad, ond ddywedon nhw ddim byd, dim ond dal i wrando.

'Naddo wir, frawd. Dros y canrifoedd rydw i wedi gweld tipyn o lol a dylni, ond dim i'w gymharu â hyn.'

'Yn union,' meddai'r cyntaf.

'Gwelais fesen cyn gweled derwen,
Gwelais wy cyn gweled iâr,
Erioed ni welais ferwi bwyd i fedel
Mewn plisgyn wy yr iâr.'

Bellach gwyddai Eben fod y ddau yn hŷn na hyd yn oed coed derw hyna'r plwy – ac roedd hynny'n ganrifoedd lawer. Rhuthrodd o'i guddfan gyda bloedd.

'Reit Elen, cyfnewidiaid ydyn nhw, nid ein babanod ni! Mi wn i'n union beth i'w wneud â nhw. Gafael di yn un ac fe afaela' innau yn y llall!'

'I beth, Eben bach?'

'Mae'n rhaid mynd â nhw at Lyn Ebyr a'u taflu i mewn i hwnnw.'

'Beth? Wyt ti'n siŵr? Sut mae hynny'n mynd i ddod â'r efeilliaid yn ôl?'

'Yn ôl Dr Harries, fe fydd gweld y ddau ewach yma yn cael eu taflu i'r llyn yn loes i weddill y Tylwyth ac fe ddôn i'w nôl nhw, gan ddychwelyd ein dau bach ni.'

'Reit, does dim arall amdani felly, nag oes?' meddai Elen.

Ac felly y bu pethau. Cludwyd y ddau gyfnewidiad yn gwichian a strancio at lan y llyn ac erbyn hynny roedd hi'n amlwg ddigon mai Tylwyth Teg oedden nhw – a'r rheini'n hen fel pechod hefyd. Erbyn cyrraedd glan y dŵr roedd y ddau wedi newid yn llwyr ac yn edrych fel dau ddyn bach crablyd, blin yr olwg, a chroen y ddau wedi crebachu fel hen afalau.

'Wyt ti'n barod, Elen?'

'Ydw!'

'Gyda'n gilydd 'te. Un . . . dau . . . TRI!' Ac i mewn i'r llyn â'r ddau, gyda sblash. Ond cyn i'r dŵr gau amdanyn nhw fodd bynnag, petai Eben ac Elen wedi edrych, fe fydden nhw wedi gweld y Tylwyth yn cipio'r cyfnewidiaid o'r dŵr oer a'u hachub rhag boddi. Yn lle hynny, rhuthrodd y ddau am Dwt y Cwmrws, lle gwelsant ddau faban bodlon ac iach yn gorwedd yn y crud. Roedd yr hen Dr Harries, Cwrt y Cadno wedi trechu'r Tylwyth Teg unwaith eto!

LLADRON CRIGYLL

Fel y clywsom ni yn hanes Barti Ddu, roedd Cymru yn enwog am ei morwyr a'i môr-ladron ers talwm. Morwyr dewr a fentrai i bedwar ban byd oedd y rhain.

Yn anffodus, doedd pawb oedd yn ymwneud â'r môr ddim mor fentrus a dewr â'r morwyr a'r môr-ladron. Na, roedd ambell garidým i'w gael – a'r rhai gwaethaf o'r cwbl oedd Lladron Crigyll. Ardal rhwng Bae Cymyran a Rhosneigr yn sir Fôn ydi Crigyll, sef yr arfordir o bobtu ceg afon Crigyll. Mae hi'n ardal sy'n beryg bywyd i forwyr hyd heddiw oherwydd y creigiau duon, miniog sydd gyda'r glannau ac maen nhw'n falch iawn o weld goleudai Rhoscolyn ac Ynys Lawd i'w tywys oddi yma. Ac wrth gwrs, mae o'n lle i'w osgoi pan fo'r corwyntoedd yn chwythu o Fôr Iwerddon, gan fygwth lluchio pawb a phopeth i ddannedd y creigiau.

Ond dyna'r union dywydd y byddai Lladron Crigyll

yn ei groesawu, yn enwedig os gwelen nhw long yn ymdrechu mynd am gysgod harbwr Caergybi cyn i'r tywydd waethygu. Pam hynny, meddech chithau? Wel, 'wrecars' oedden nhw, pobol oedd yn denu llongau i'w tranc ar y creigiau ac yna'n ysbeilio eu cynnwys, heb falio botwm corn am y criw a'r teithwyr druain.

Sut caen nhw'r llongau i ddod ar y creigiau, meddech chithau? Wel, roedd hynny'n hawdd. Fe wydden nhw fod y morwyr yn chwilio am y goleudai yn y tywyllwch a'r hyn wnaen nhw fyddai mynd â lanternau ar y clogwyni, fel bod y llongau yn anelu amdanynt, gan feddwl eu bod yn dilyn y cwrs diogel . . .

Does dim rhyfedd fod morwyr yn casáu ac yn ofni wrecars yn fwy na dim. Fel hyn y disgrifiodd Lewis Morris, un o Forrisiaid Môn, y Lladron:

> Gwych gan bobl onest lân
> Oleuni tân a channwyll;
> Gwych gan wylliaid fod y nos
> Mewn teios yn y tywyll;
> Gwych gan innau glywed sôn
> Am grogi Lladron Crigyll.
>
> Pentref yw di-dduw, di-dda,
> Lle'r eillia llawer ellyll,
> Môr-ysbeilwyr, trinwyr trais,
> A'u mantais dan eu mentyll;
> Cadwed Duw pob calon frau
> Rhag mynd i greigiau Crigyll.

Fe fu'r lladron yn byw yng Nghrigyll am genedlaethau, ond dyma un stori amdanyn nhw . . .

* * *

Naw oed oedd Gwilym a Goronwy Tywynllyn. Roeddent yn efeilliaid a'r ddau yr un ffunud â'i gilydd. Er eu bod yn fach o'u hoed, roeddent yn beniog iawn a gwelai eu tad, a ffermiai'r tir tywodlyd ar gyrion Traeth Llydan, fod dyfodol gwell na sheflio tail o flaen ei feibion. Roedd yn falch o hynny, oherwydd bywyd digon caled oedd hi ar ffermwyr Môn ac anodd iawn oedd cael dau ben llinyn ynghyd.

Hanesion am deithio oedd pethau'r ddau byth er i fodryb roi llyfr yn adrodd hanes rhai o deithwyr mawr y byd iddyn nhw ar eu pen-blwydd. Roeddent wrth eu bodd yn darllen llyfrau o'r fath a medrent ddarllen map cystal ag unrhyw gapten llong. Yn wir, dyna ddymuniad mawr yr efeilliaid – bod yn gapten ar eu llongau eu hunain ar ôl tyfu'n ddynion.

Un noson ym mis Tachwedd roedd teulu Tywynllyn wedi noswylio'n gynnar. Ers dyddiau lawer roedd yr hen bobl wedi bod yn rhagweld gwyntoedd cryfion a stormydd.

'Mae'r arwyddion i gyd i'w gweld yn blaen,' meddai Meurig Pen-lôn. 'Gwynt mawr sydd ynddi hi. Mae cymylau blew geifr yn uchel yn yr awyr ac roedd mis Hydref yn un braf iawn, sy'n arwydd sicr o aeaf gwyntog bob amser. Na, mae yna storm a hanner ar ei ffordd, mae arna i ofn – mi oedd y moch sydd acw yn cario gwellt i'r twlc. Mae hwnna'n arwydd arall di-feth, coeliwch chi fi.'

Ac roedd teulu Tywynllwyn wedi rhoi coel ar eu cymydog ac yn swatio yn eu gwelyau tra chwibanai'r gwynt o gwmpas y tŷ. Hyd yn hyn, fodd bynnag, doedd o ddim yn rhy gryf ond gwyddai pawb fod gwaeth i ddod.

Roedd y teulu wedi noswylio'n eithaf cynnar gan nad oedd fawr o gysur i'w gael wrth wrando ar y gwynt yn udo yn y simdde fawr. Gyda photel ddŵr poeth yn gynnes wrth eu traed, swatiodd Gwilym a Goronwy yn eu gwely plu, ond ni allai'r naill na'r llall gysgu.

'Gwilym!'

'Be?'

'Wyt ti'n cysgu?'

'Nag ydw, fedra i ddim.'

'Na finnau chwaith.'

'Gwrando ar y storm wyt ti?'

'Ia, a meddwl am y llongau sy'n ceisio cyrraedd Caergybi.'

'Wyt ti'n cael rhyw deimlad rhyfedd, fel petai yna rywbeth mawr am ddigwydd?'

'Ydw, ond wn i ddim beth ydi o chwaith.'

Er bod y llofft yn oer a hwythau'n gynnes fel tostyn yn y gwely, cododd y ddau i gael cip drwy'r ffenest tua'r môr. Er nad oedd y ddau ond naw oed, gwelsant sawl storm eisoes, ond welson nhw erioed un debyg i hon.

'Argoledig, sbia am Borth Nobla. Mae'r tonnau yn torri dros y creigiau yno!'

'Ydyn, mae'n rhaid eu bod nhw o leiaf hanner can troedfedd o uchder.'

'Mae hi'n syndod o olau tydi . . .'

'Gwilym, edrych!' gwaeddodd Goronwy ar ei draws gan gyfeirio i gyfeiriad Rhosneigr. 'Llong!'

'Ia, a honno'n hwylio tua'r gogledd.'

'Ac mi wyddost beth mae hynny'n ei olygu? Os cadwith hi at y llwybr yna, mi fydd hi'n deilchion ar

Gerrig y Brain cyn pen dim.'

'Ond pam aflwydd nad ydi'r capten yn cadw ymhellach allan ac yn anelu am Ynysoedd Gwylanod ac Ynys Lawd?'

'Beth wn i?'

Ar hynny daeth cymylau mawr dros y lleuad llawn a oedd yn goleuo'r olygfa ofnadwy a gwyddent nad oedd gobaith gweld o Dywynllyn beth ddigwyddai i'r llong bellach. Byddai'n rhaid mynd at lan y môr i wneud hynny.

'Ddylen ni ddeffro Mam a Tada, dywed?' meddai Gwilym.

'Na, beth os oedden ni'n anghywir? Mi fyddai'r ddau yn flin, a Thada yn enwedig am ei fod eisiau codi ben bore i odro.'

'Beth am fynd allan i weld yn iawn a'u deffro nhw wedyn os bydd rhywbeth i'w weld?'

'Iawn.'

O fewn eiliadau roedd y ddau wedi gwisgo a sleifio allan drwy'r drws cefn heb i neb arall glywed dim. Wnaeth Mic y ci defaid ddim eu clywed hyd yn oed, er bod hwnnw'n clywed bob smic ac yn cyfarth ar ddim.

Er bod y lleuad bellach o'r golwg, nid oedd yn hollol dywyll a medrodd yr efeilliaid hanner rhedeg tua'r traeth yng ngolau'r lanternau yr oedd y ddau wedi eu cipio wrth fynd drwy'r gegin. Yna stopiodd Goronwy yn stond.

'Edrych! Golau!'

'Mi wyt ti'n iawn – ond lle mae o?'

'Ar Draeth Crigyll ddywedwn i.'

'Ia, ond . . . y nefoedd fawr, wyt ti'n meddwl yr hyn ydw i'n feddwl?'

'Wrecars?'

'Ia, fel y rheini yn yr hanes hwnnw o Gernyw.'

'Dyna ydyn nhw iti – a dyna hi'r llong draw acw, yn dal i anelu am Gerrig y Brain.'

'Mi wyddost pam, gwyddost? Mae'r criw yn meddwl eu bod nhw yn y sianel, yn meddwl mai golau Ynysoedd Gwylanod maen nhw'n ei weld.'

'Beth wnawn ni? Os awn ni i nôl Mam a Tada mi fydd hi'n rhy hwyr.'

'Mae gen i syniad,' meddai Gwilym. 'Tyrd â dy lantern yma.'

Yng ngoleuni'r lanternau dechreuodd godi clawdd bychan cysgodol efo pridd a cherrig.

'Brysia, Goronwy, hel wellt sych a brwgaitsh!'

'Ond i beth?'

'Mi fedrwn ninnau greu golau ffug hefyd a phan welith y llong ail olau ar y lan, mi fyddan yn siŵr o amau bod rhywbeth o'i le . . . '

' . . . A throi allan am y môr,' meddai Goronwy, gan weld y cynllun.

Cyn pen chwinciad roedd gan y ddau docyn o wellt a mân frigau wrth gysgod y wal isel a'r broblem bellach oedd cynnau'r tân. Diffoddwyd cannwyll y lantern gyntaf cyn gynted ag yr agorodd Gwilym y ffenest fach i'w chael allan ond cafodd Goronwy fwy o lwc gyda'r ail. Am eiliad ymddangosai fel petai'r tocyn ddim am gynnau ond yn sydyn llamodd fflam fel tafod oren drwyddo ac roedd y cwbl yn wenfflam. Roedd yn rhuthr gwyllt wedyn i hel eithin a grug i'w roi ar ben y tân i'w fwydo.

'Ydyn nhw wedi gweld y tân 'sgwn i?' meddai Gwilym.

'Dydw i ddim yn siŵr,' meddai Goronwy. 'Ydyn, dwi'n meddwl! Yli, maen nhw'n troi at allan!'

'Diolch byth! Mi fyddan yn osgoi'r creigiau!'

Ar hynny, sylweddolodd Goronwy nad y llong yn unig oedd wedi gweld yr ail olau. Roedd lanternau i'w gweld yn symud tuag atynt.

'Yli Gwilym, mae'r wrecars wedi'n gweld ni ac yn dod am yma.'

'Ydyn, ac yn gandryll mae'n siŵr oherwydd i ni ddifetha eu hysbail nhw heno.'

'Tyrd, gwadna hi oddi yma.'

Rhedodd y ddau nerth eu traed yn ôl i gyfeiriad Tywynllyn ac roedd y ddau frawd yn ôl yn ddiogel yn y tŷ cyn i'r cyntaf o'r wrecars gyrraedd gweddillion eu coelcerth. A da o beth oedd hynny, oherwydd ciwed fileinig iawn oedden nhw, a fflamau'r tân yn sgleinio ar aml fwyell a chyllell finiog.

* * *

Mynd adre'n waglaw fu hanes Lladron Crigyll y noson arbennig honno. Wydden nhw ddim pwy oedd wedi cynnau'r goelcerth – ond wyddai'r efeilliaid ddim pwy oedd y Lladron chwaith.

Pan ddywedon nhw'r hanes wrth eu tad fore trannoeth, wnâi o mo'u coelio nhw i ddechrau. Fe newidiodd ei gân fodd bynnag ar ôl i'r hogiau ddangos olion eu tân ger Traeth Llydan ac i'r awdurdodau gael hyd i ludw tân y Lladron ar Draeth Crigyll.

Er hyn, methwyd â dal yr un Lleidr oherwydd wyddai neb pwy oedden nhw. Dros y blynyddoedd nesaf aethant yn fwy a mwy mentrus a chreulon.

Denwyd sawl llong i'w diwedd ar greigiau creulon Crigyll a boddwyd sawl morwr.

Doedd dim dichon dal y Lladron er bod sidan lliwgar a sawl casgenaid o win i'w gweld yn yr ardal ar ôl stormydd. Yn aml iawn hefyd gwelid cyrff ar y lan a'u bysedd ar goll, ar ôl i'r Lladron creulon eu torri ymaith i gael eu modrwyau. Doedd rhyfedd yn y byd fod pobl Môn yn ysu am gael gwared â hwy.

* * *

Os llwyddodd Gwilym a Goronwy i achub un llong o grafangau Lladron Crigyll, aeth llawer un arall yn ysbail iddynt. Yn y diwedd, fodd bynnag, aethant yn rhy bell a chawsant eu dal. Fel hyn y bu pethau . . .

Ym mis Medi 1773 cawsant long o'r enw *Charming Jenny* i fynd ar greigiau Crigyll wrth i'w chapten, William Chilcott, geisio ei llywio am ddiogelwch Caergybi yn nannedd storm enbyd. Goleuadau ffug aeth â'r llong i'w thranc fel sawl un arall.

Erbyn y bore, roedd y llong yn dipiau ar y traeth a'r Lladron â'u dwylo blewog wrthi yn hel eu hysbail, ond roedd un peth yn wahanol y tro hwn. Doedd pawb oedd ar fwrdd y llong ddim wedi boddi wrth iddi daro'r creigiau. Golchwyd Capten Chilcott a'i wraig i'r lan yn fyw ac roedd hynny'n wyrthiol oherwydd roedd gan wraig y capten lond ei phocedi o sofrenni aur.

A hynny fu achos ei marwolaeth. Gwelodd rhai o'r Lladron hi'n cyrraedd y lan a dechreuodd dau ohonynt chwilio yn ei phocedi. Pan welsant ei bod yn fyw, daliodd un ohonynt ei phen o dan y dŵr a'i boddi.

Gwelodd y Capten hyn yn digwydd ond roedd yn rhy

wan i wneud dim i'w hachub. Yr eiliad nesaf, trodd y Lladron ato a chymerodd arno ei fod wedi marw tra defnyddiai'r un a foddodd ei wraig gyllell finiog i dorri byclau arian ei esgidiau ymaith. Seriodd ei wyneb creulon ar gof y Capten a thyngodd y byddai'n dial arno ef a'i bartner.

Ar ôl i'r Lladron gael eu gwala a'u digon o ysbail, aethant ymaith gan adael y Capten a'i wraig a gweddill y criw ymysg gweddillion y llong ar dywod oer Traeth Crigyll. Ymhen hir a hwyr daeth dyn o'r enw William Williams heibio, gweld bod Capten Chilcott yn fyw a mynd ag ef adref.

Cyn gynted ag y daeth ato'i hun, aeth y Capten at yr awdurdodau a thrwy ei ddisgrifiad manwl o'r ddau Leidr, arestiwyd Siôn Parry, llofrudd ei wraig, a William Roberts ei bartner.

Roedd hyn yn 1775 ac erbyn hynny roedd Gwilym a Goronwy wedi cael eu dymuniad a'r ddau yn gapteiniaid ar eu llongau eu hunain. Ym mis Ebrill y flwyddyn honno, digwyddai'r ddau fod gartref yn Nhywynllyn pan dynnodd rhywbeth sylw Gwilym yn y papur a ddarllenai.

'Wyt ti'n ein cofio ni'n cynnau coelcerth ers talwm i achub y llong honno rhag Lladron Crigyll, Goronwy?'

'Ydw siŵr – pam wyt ti'n gofyn?'

'Wel, gwranda ar hyn. "Yn yr Amwythig ddoe cafodd Siôn Parry o Roscolyn, un o'r criw mileinig a adwaenir fel Lladron Crigyll, ei grogi'n gyhoeddus o flaen torf enfawr o bobl. Fe'i crogwyd am foddi gwraig o'r enw Mrs Chilcott ar ôl denu llong ei gŵr ar greigiau gyda goleuadau ffug. Anfonwyd William Roberts, un arall o Ladron Crigyll, i Awstralia yn alltud am ei oes am ddwyn eiddo'r Capten a'i wraig." '

'Eithaf gwaith â nhw ddyweda' i. Maen nhw wedi hudo sawl un i'w marwolaeth ar y creigiau yma. Mae'n siŵr y bydd hynna'n rhybudd i weddill y Lladron, mai gwingo wrth raff y byddant hwythau os na fyhafian nhw . . . '

* * *

Ac yn wir, roedd Goronwy yn iawn. Dychrynwyd Lladron Crigyll gan y crogi ac ni welwyd yr un golau ffug ar y glannau wedi hyn.

Efallai y cewch chi gyfle i fynd i weld Traeth Crigyll rywbryd. Mae'n lle hyfryd yn yr haf pan fo'r haul yn tywynnu ond mae'n lle gwahanol iawn yn y gaeaf, pan fo'r corwynt yn rhuo, y tonnau'n torri'n wyn ar y creigiau ac ysbrydion hen forwyr a foddwyd yn codi o'r môr.

**Mae'r gyfrol gyntaf yn y gyfres
STRAEON AC ARWYR GWERIN CYMRU
ar gael yn eich siop leol:**

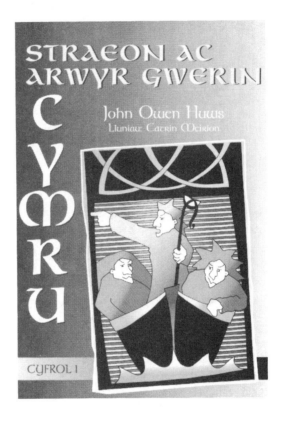

*Y Wibernant; Ifor Bach; Dreigiau Myrddin Emrys; Taliesin;
Gwrachod Llanddona; Morwyn Llyn y Fan; Elidir a'r Tylwyth Teg;
Caradog; Cae'r Melwr; Dewi Sant; Breuddwyd Macsen;
Cantre'r Gwaelod*

Pris: £ 4.75

MORWYN LLYN Y FAN

CANTRE'R GWAELOD